ぼくのプロローグ

専制君主のプロポーズ

ゆらひかる

13408

角川ルビー文庫

目次

ぼくのプロローグ

MY PROLOGUE

専制君主のプロポーズ

おれは恋人なんだから、
おまえに何してもいいに決まってるだろ？

SHINICHI KAZAMI

風見慎一
かざみ しんいち

25歳という若さにして天才と呼ばれる、世界的なイラストレーター。専制君主で『おれ様』なひかるの恋人。

月充ひかる
つきみつ ひかる

大学を卒業した22歳。デビューして2年目の新人作家。他人を信じやすい素直な性格で、慎一に心配されることが多い。

HIKARU TSUKIMITSU

JUN TOMITA

富田じゅん　とみた じゅん

ひかるの先輩作家。慎一とは幼なじみで姉弟のような関係。性格が男前でさっぱりしている。

ひかるってサド気質の男に狙われるわよねえ。

REIJI NAKAO

中尾怜司　なかお れいじ

人気バンド「ミッドナイトバード」のボーカル。マイクを持つとカリスマなのに、実はシャイな性格。

…あなたが、好きなんです……。

NAOKI MATSUMURA

松村直樹　まつむら なおき

ひかるにものすごく執着している大学の後輩。自分の部屋にひかるを監禁しようとしたこともある。

まだひかるくんのことあきらめてませんから。

口絵・本文イラスト／桜城やや

いきなり背後で盛大《せいだい》な歓声《かんせい》が聞こえて、ぼくはあわててソファから立ち上がった。

急いでラウンジに出て周りを見回したとき、

「違《ちが》った…」

〝はぁっ〟と息を漏《も》らすと、緊張《きんちょう》していた肩《かた》からどっと力が抜《ぬ》けていく。人々のざわめきと拍《はく》手《しゅ》の向こうから現れたのは、待ち人ではなく、純白のウエディングドレスを着た花嫁《はなよめ》だった。

「へえ、お正月に結婚式《けっこんしき》かぁ」

一月三日の今日、都心のホテルラウンジでは、たったいま挙式を終えたばかりの花嫁と花婿《はなむこ》が、周りの客からの祝福に笑顔《えがお》で手を振《ふ》っている。

「いいなぁ…」

まぶしく輝《かがや》いている彼らを眺《なが》めながら、ぼくは無意識に呟《つぶや》いていた。

幸せそうなふたりを見ているだけで、自然と笑みがこぼれてくる。ふたりとも頬《ほお》を上気させていて、ぼくにも結婚式の心地《ここち》好《よ》い興奮が伝わってきた。

ぼく、月充《つきみつ》ひかるは二十二歳で、職業は作家だ。大学二年のときファンタジー小説でデビューして、最近やっと仕事が軌道《きどう》に乗り始めた。

いま待っているのは、ぼくの一番大切な人だ。生涯《しょうがい》を共に生きようと誓《ちか》った恋人《こいびと》だけど、じつは事情があって世間に公《おおやけ》にできる関係じゃない。

「べつに、『結婚式』がしたいわけじゃないんだけど…」

うらやましそうに言ってしまった自分に、ちょっと苦笑《くしょう》が漏れる。

じっさい、ぼくにとって形式は重要じゃない。誰《だれ》にも認められなくても、互《たが》いに愛し合ってさえいれば、きっとふたりで幸せに生きていける。それは自信がある。

――ただ…、とぼくは胸の中でそっと呟いた。

目の前でペアリングを光らせて笑っているふたりは、最高に幸福そうな表情をしていた。誇《ほこ》らしげに見守っている彼らの両親も、たぶん一生で一番いい顔をしているに違いない。

こんなふうに、すべての人に祝福されているふたりを見ていると、ほんの少し…せめて家族だけでも祝福してくれたら嬉《うれ》しいのにと、つい贅沢《ぜいたく》なことを考えてしまうのだ。

今日、これから、ぼくは恋人と一緒《いっしょ》に実家に向かう。認めてはもらえないだろうけど、ぼくの両親にふたりで本当のことを話すつもりだ……。


新郎《しんろう》新婦の歩いていくラウンジの奥の一角には、見上げるほど大きなステンドグラスがはめ込まれていた。その前の一段高い大理石のフロアが、花嫁のための撮影《さつえい》用スポットらしい。ドレスを際立《きわだ》たせる照明と、ガラスを透過《とうか》する色とりどりの光が、空間を不思議な色彩《しきさい》に染めあげていた。

いま花嫁と花婿は親しい友人達と一緒に写真を撮《と》っていて、ラウンジにいた外国の人達がその華《はな》やかな撮影会を見に集まっていた。

「なんだか、今日は外国人が多いなぁ」

あらためて見回すと、昼時のラウンジは半分以上が外国人という感じだった。

リムジンバスで次々と到着《とうちゃく》する海外からのツアー客は、まずホテル玄関《げんかん》の巨大《きょだい》な門松《かどまつ》の前で記念撮影をし、ラウンジの奥でライトを浴びている幸福なカップルを見て顔をほころばせる。

国は違っても、結婚式は万国《ばんこく》共通のおめでたいイベントだ。彼らはみんな、それぞれの国の言葉で日本の花嫁に祝福や拍手を贈《おく》っていた。

「…いけないいっ、忘れてた」

一緒に見物していたぼくは、胸ポケットの振動《しんどう》にあわてて携帯《けいたい》電話を取り出した。

今までケイタイのバイブレーションに気づかなかったのか、着信三件とメールが届いている。

『ひかる、どこだ？　戻《もど》ってこい』

「う〜ん、相変わらず短文だなぁ」

いつでも甘く口説いてくれる〝彼〟だが、メールは思いきり簡潔でおかしくなる。

そう…ぼくの大切な恋人は男だ。どんなに誠実に互いを想《おも》っていても、世間ではけして祝福される関係じゃない。それがわかっていて、ぼくらは一緒になることを決めた。目立たないように、ふたりで平和に暮らしていけたらそれでいい。

彼に電話をかけようとしたとき、ちょうど二通目のメールが入ってきた。

『いま探しに行く。動くな、手を上げろ』

――も～、これじゃ殺し屋《ヒットマン》みたいだよ～…。

たぶん『(ラウンジから)動くな、(おれを見つけたら)手を上げろ』って意味だと思うけど、相変わらず『おれ様』な命令口調に笑ってしまう。

「…うん？　ラウンジに探しに来るって……!?」

気づいたとたん、急に不安になった。

「いや、来なくていいからっ」

――っていうか、絶対来ないでほしい！　〝彼〟はちょっと目立つ人なので、こんな人が多い場所には出てきてほしくない。

焦《あせ》ってケイタイを持ち上げたとき、突然《とつぜん》フロアにいる人々の間にざわめきが起こった。

「ねえ見てっ！　あれって絶対芸能人だよねっ!?」

まっさきに花嫁の友人が叫《さけ》び、撮影に夢中だった新郎新婦まで顔を上げる。

「まさか…」

周りのテンションに気圧《けお》されて、ぼくはそろそろと振り向いた。

みんなが見ているのは正面玄関の階段だ。かなり距離《きょり》があるのに、そこを下りてくる青年を目にしたとたん、カ〜ッと顔が熱くなった。

見上げる観衆の視線などおかまいなしに、〝彼〟は背筋を伸《の》ばして、ゆるやかにカーブする大理石の階段を下りてくる。

――こっ、来なくていいのに……っ！

ケイタイを握《にぎ》りしめたまま、ぼくは思わず後退《あとじさ》っていた。

いま階段の踊《おど》り場に立った青年は、長身にダークスーツを着こなして一分の隙《すき》もない。肩幅《かたはば》が広く、鍛《きた》えられた精悍《せいかん》な身体《からだ》はスーツの上からでもよくわかった。しかし…、

〝目立つ…〟

彫《ほ》りの深い整った顔立ちは、遠目でも完璧《かんぺき》すぎて近寄りがたい迫力《はくりょく》すらある。

〝マスコミにも露出《ろしゅつ》してないのに、目立ちすぎだろう…〟

顔を輝かせる人々の間で、ひとり頭を抱《かか》えそうになった。

このスーツの彼、風見慎一《かざみしんいち》は、世界的に名を知られた天才イラストレーターだ。まだ二十六歳の若さで、ゲームのキャラクターデザインから芸術的な絵画《アート》まで幅広《はばひろ》く活躍《かつやく》している。去年開催《かいさい》した個展には、国内外からたくさんの取材陣《しゅざいじん》が詰《つ》めかけ、彼がキャラクターを手がけたゲームもいま大ブレイク中だ。

この才能も容姿も桁外《けたはず》れにレベルの高い男が、じつはぼくの恋人だったりする…。

彼は軽く腕《うで》を組んで人の溢《あふ》れるフロアを見渡《みわた》した。

『どこにいるんだよ、あいつ…』

という表情で、拳《こぶし》を顎《あご》に当てて苦笑する。たったそれだけの仕草でも、まるで映画のワンシーンを観《み》ているような気分にさせるのだ。

「カッコイイ…」

ぼくの後ろで女の子の呟きが聞こえ、周りの女性達からも熱いため息が漏れる。

唯一《ゆいいつ》クールな外見を和《やわ》らげているのが涼《すず》しげな目元で、彼が切れ長な目を細めると、女性が、い、いっ、陥落《かんらく》しそうな甘い笑顔《えがお》になるのだ。

フロアに顔を巡《めぐ》らせていた彼と視線がぶつかった瞬間《しゅんかん》、ぼくの心臓がどくんと音をたてた。

『ひかる』と唇《くちびる》が動いて、彼が嬉しそうに顔をほころばせる。見慣れているぼくでさえ、ぐらっとくるほど甘い笑顔だ。

「ステキッ、とろけちゃいそう〜〜〜♡」

「あ〜んっ、誰だかわかんないけど、あんないい男と結婚した〜いっ!」

彼に笑顔を向けられた女の子達が興奮し始めて、ぼくはあわてて慎一を押し止《とど》める格好で両手を上げた。

〝だっ、だから、その『顔』がヤバイんだってばっ！〟

さらに魅力的《みりょく》な笑顔で手を上げてくれる彼に、必死に首を振《ふ》る。

ぼくは過去のトラウマで、人に見られるのが極端《きょくたん》に苦手だ。男同士だから、できれば恋人にも目立たないでいてほしい。贅沢は言わない、ふたりでひっそりと静かに生きてゆきたい。ぼくの夢だ。ほんのささやかな夢だと思うのだが……。

女の子達が真っ赤になって嬌声《きょうせい》をあげる中、今度はラウンジにいた男性陣から野太い歓声《かんせい》が沸《わ》きあがった。

「え……っ？」

たったいま手を振りながら階段を下りてきたゴージャスな美女に、ぼくは茫然《ぼうぜん》と目を見開いてしまった。

「…なぜに、じゅん先生まで…？？？」

胸と背中を大きく開けた赤のパーティドレスを着たメガネ美人は、先輩《せんぱい》作家の富田《とみた》じゅん先生だ。長い茶髪《ちゃぱつ》をアップにして、きらびやかな宝石を身にまとっている。

ふたりとも長身のうえ、思いきり存在感のある美男美女だ。階段の踊り場に立つ彼らにだけ、まぶしいスポットライトが当たっているように見える。

甘い微笑《びしょう》を浮《う》かべる慎一に、年齢《ねんれい》も国籍《こくせき》も関係なく女性達がぽ〜っと目を潤《うる》ませ、男性客の口笛と絶賛にじゅん先生も腰《こし》に手を当てて艶然《えんぜん》と微笑《ほほえ》む。

「ふたりとも目立ちすぎる……」

容姿にも才能にも自信のある彼らは、もともと他人の視線にまったく臆《おく》さない。正月のラウンジは、まるでハリウッドスターが来日したかのようなお祭り騒《さわ》ぎになっていた。

彼女を残してラウンジに下りてきた慎一は、大柄《おおがら》な外国人の中でもひときわ背が高く見えた。彼が歩き出すと同時に、ひしめき合っていた人波が左右に動いて、自然と彼の前に道ができていく。その不思議な光景を見るたび、一般人《いっぱんじん》との存在感《オーラ》の違《ちが》いを感じさせられる。

〝え…、ちょ、ちょっと…!〟

こちらに向かってくる彼が女性ギャラリーをどっさり引き連れていて、ぼくは思わず隠《かく》れる場所を探してしまった。

「そうだケイタイ!」

手に握りしめていたケイタイを見て、とっさにいい考えが閃《ひらめ》いた。

夢中で文字を打って送信すると、こっちに向かっていた彼が〝うん?〟という表情で足を止める。慎一のケイタイは、バイブレーターに設定されているのだ。

〝メール見て!〟

金魚のように口をぱくぱくしながら、ぼくはそっと身体の前で自分のケイタイを指さした。

楽しいいたずらを持ちかけられたように、慎一が首をかしげて笑う。長い指で胸ポケットからケイタイを引き抜《ぬ》き、軽く振ってディスプレイを開く。

「えっ、なになに？　メール？」

「恋人《こいびと》からかな？」

ぼくの横にいた女の子達が肘《ひじ》でつつき合って騒ぎ始めた。

「あーっ！　もしかして新機種《ケイタイ》のCM撮影《さつえい》じゃない!?」

──違うから…、と心の中でそっと訂正《ていせい》する。

憂《うれ》いの表情で顎を押さえてメールを確認《かくにん》する彼の姿に、なおさら期待が盛り上がってしまったようだ。

メールを読んで顔を上げた彼に、ぼくは目で訴《うった》えながら『お願い！』のポーズで両手を組んでいた。

「可愛《かわい》いことするじゃねーか」

言いながら軽く吹《ふ》き出し、肩《かた》を揺《ゆ》すって笑い出す。

──なんでウケるんだよ…？

『来ないで』と、たった四文字メールしただけなのに…。

十メートルほど向こうで彼が笑って頷《うなず》いてくれて、ぼくはホッと胸を撫《な》で下ろした。

「ひかる」

ラウンジに彼の低音が響《ひび》くと、ギャラリーがいっせいに『ひかる』を探して周りを見回す。

――どどっ、どうしてっ!?

逃《に》げ腰になったぼくに、彼はふっと目を細めた。たしかに、『来ないで』って頼《たの》んだんだけど…、

「来いよ」

その場に立ったまま掌《てのひら》を上向けて、彼はとびきり甘い笑顔でぼくを手招いた。

――来いよって……。

フェロモン全開の艶《つや》っぽい流し目で呼ばれて、足が勝手に歩き出しそうになる。

そのとき視界の端《はし》を、白いウエディングドレスが通り過ぎた。

「え…？　ええ〜〜〜〜っ!?」

必死に踏《ふ》ん張っているぼくだけを残して、慎一に呼ばれた人々がいっせいに彼の元へ走っていってしまった。

――慎一フェロモンの威力《いりょく》って、ホントに国際《インターナショナル》的だったんだ……。

外国の女性達が夢中で駆《か》けていくのを見て、ぼくはあらためて自分の恋人が一般人でないことを思い知らされたのだ。

◇◆◇

「は～、びっくりしたなぁ」

ブティックの広い試着室の中で、ぼくはぐったりして壁《かべ》にもたれていた。

「ああ、おれも驚いたよ」

「も～っ、慎一は自分のせいじゃないですかー！」

横でぼやいた彼に、あきれて声をあげてしまった。

「けっきょく、そのスーツもダメになっちゃったし」

笑いながらスーツの上着を脱《ぬ》いでいる彼に、ため息まじりに文句を言ってしまう。女性達にもみくちゃにされて、彼はスーツをもう一着新調するハメになったのだ。

「おれは、おまえを呼びに行っただけなんだがなぁ」

ぼくが上着を受け取ると、苦笑《くしょう》しながら首をかしげる。

「だいたい慎一が、あんな笑顔で呼ぶから…女の人が集まったんだから…」

「おれは、おまえを呼んだんだぜ」

「…でも、もっと周りの状況《じょうきょう》を見て行動してください」

不満そうにほどいたネクタイを渡《わた》す彼に、ぼくは小声でぼやいてしまった。

「とにかく…、目立ってほしくないんです。慎一は、ぼくの恋人なんだから…その笑顔だって
…っ！」

諭《さと》すように言いかけて、とっさに自分の手で口を押さえる。

『──その笑顔だって、ぼくだけのモノなんだから…』

うっかりそう主張しそうになって、かあっと顔が熱くなった。

いくら恋人でも『ぼく以外に笑っちゃダメだ！』はないだろう。気持ちが狭《せま》いうえに、子どもっぽい独占欲《どくせんよく》が強すぎだろうと恥《は》ずかしくなる。

「悪かったよ、ひかる」

「いえ…あの」

まじめに謝ってくれた慎一を掌で遮《さえぎ》って、ぼくは赤くなった顔を逸《そ》らした。

「おれ、おまえしか見えてなかったんだ…、ごめんな」

「わ、わかりましたから」

愛《いと》しそうな表情でのぞき込む彼に、軽く額が汗《あせ》ばんでくる。

「早く着替《きが》えてください」

シャツをはだけたままの彼に、わざとそっけなく言った。

「なあひかる、おまえいま目が潤んでるぞ」

「…っ…ッ」

ふいに耳元で囁《ささや》かれ、甘い吐息《といき》にざわっと首筋が粟立《あわだ》つ。

「ちょっ…、慎一…ッ」

試着室の壁に身体《からだ》を押しつけられて、ぼくは焦《あせ》って彼を見上げた。

「聞こえるぞ」

〝静かに〟というしぐさで、慎一が唇《くちびる》に指を当てて見せる。カーテンの外には店員が控《ひか》えているのだ。

「…ちょっ…、こんな所でセクハラはやめてください」

「恋人にするのは、セクハラじゃないだろう？」

動揺《どうよう》して声を抑《おさ》えているのに、ぞくぞくするような低い声で囁く。

「ば、場所が問題なんです…っ。だいいち、じゅん先生が…」

「心配するな、どうせあいつはすぐ戻《もど》ってこねーよ。次のドレスを試着して、ラウンジを闊歩《かっぽ》してるだろ」

――問題ない、と笑う彼に、ぼくは否定の意味でぶんぶん首を振《ふ》った。

『しし慎一っ、カーテンの外に人がいるんですよっ！』

声を出さずに口だけ動かして、ぼくは必死にカーテンを指さした。

「じゃあ、声を出さなければいい…」

ぼくの耳に唇を押し当てて、ぼそっと声を落とす。腰にくる低音に、ぶるっと身体に震《ふる》えが走った。

「相変わらず、敏感《びんかん》なんだなぁ」

涙目《なみだめ》になって両手で耳をかばったぼくに、慎一がくすくす笑う。ぼくの動揺がおかしいのか、完全に楽しまれてしまっている。

『…とにかくっ、いまは口説くのも、触《さわ》るのも、キスするのも、ぜんぶダメだからっ！』

小声で危険なことをすべて禁止して、両手で胸の前に大きなバッテンを作る。

ここで強気に出ておかないと流されてしまう。

「ふうん」

ぼくの指示が不満なのか、慎一がスッと顔を逸らした。

唇を結んで壁を見つめる表情が憂《うれ》いを帯びていて、胸がずきんと鳴った。

見つめるぼくの前で二、三度目を瞬《しばた》くと、目を細めた彼の唇にふっと笑《え》みが浮《う》かんだ。

顔を逸らしたまま、慎一がゆっくりとぼくの方に視線を流す。

「…ちょ…っ！」

目が合ったとたん、ぞくりとする男の色気に全身の産毛《うぶげ》が逆立つ。

一気に頭に血が上って、カ～ッと顔が熱くなる。ラウンジの女性達をぽ～っとさせた視線より、数倍威力がある流し目だ。

「抵抗《ていこう》してもいいんだぜ」

ぼくの顎《あご》を摑《つか》んで上向かせながら、低い声で甘く囁く。

「ずるいよ…慎一」

ぼくが首を振ろうとしたとき、目の前で軽く目くばせされて意識がぐらりと傾《かたむ》いた。

唇に彼の息づかいを感じるだけで、瞳《ひとみ》が潤《うる》んで舌先にじわっと唾液《だえき》がにじむ。

顎を摑まれて顔を逸らすこともできずに、ぼくは艶っぽい視線から逃げるように目を閉じた。

暗い視界で唇を塞《ふさ》がれて、舌先が歯列を割ってすべり込んでくる。濡《ぬ》れた舌が触《ふ》れると、微弱《びじゃく》な電気が流れたように、じんわりと根元まで痺《しび》れが拡《ひろ》がっていく。

「ひかる…」

暗い視界の中で、キスの合間に漏《も》れる囁きに唇が震えてくる。

まるでアメを舐《な》めるように舌をしゃぶられて、意識がとろけそうになった…。ゆっくりと味わうような口づけに、熱に浮かされたように頭がくらくらする。彼の与《あた》えてくれる快感に流されそうになって、ぼくは彼のシャツの襟《えり》をぎゅっと摑んでいた。

「…はぁ…っ…ぁ」

抑えても唇の隙間《すきま》から甘い息が漏れてしまう。

——慎一……。

目を閉じたまま唇を探して、ねだるように自分から身体を押し当てた。

激しく唇を吸われると、舌も唇も甘く痺れて、長い口づけに頭が朦朧《もうろう》としてくる。

「…ッ…だめ…」

セーターの裾《すそ》からすべり込んできた指を、ぼくは喘《あえ》ぎながら必死に押さえた。でも、音をたてて唇を吸われると、指からも身体からも力が抜《ぬ》けていく。

「しん…ち…」

彼の舌と指の快感に流されて、自分がいる場所がどこなのか…わからなくなる。まるで酒に酔《よ》ったようにクラクラと頭の芯《しん》が痺れて、ぼくは夢中で彼に唇をねだっていた。

「感じてるおまえの表情《かお》…可愛《かわい》いぜ」

長いキスのあと、ゆっくり離《はな》れた唇が甘く囁く。

「続きはまた後でな」

いじわるく目を細めて笑う彼に、恥ずかしくて首まで熱くなった。

快感の余韻《よいん》でまだ舌がじんわり痺れている。ぼんやりした頭で、彼の肩《かた》にもたれて息を整えていたとき、

「あ〜、ごほごほ」

すぐ近くで女性の咳払《せきばら》いが聞こえ、突然《とつぜん》冷水を浴びたように意識が目覚めた。

おそるおそる顔を向けると、銀色のカーテンが少しだけ開いている。

「うふふ、終わった〜？」

「うあっ、じ、じゅん先生…っ！」

隙間からのぞいている目にウインクされて、ぼくはとっさに慎一を突《つ》き飛ばしてしまった。

「でも惜《お》しかったわね〜！　ここがブティックじゃなかったら、あたしが最後《フイニッシュ》まで温かく見守ってあげたのに〜っ♪」

ぼくだけ試着室から引っぱり出して、彼女は吹《ふ》き出しそうな表情で握《にぎ》った拳《こぶし》を振っている。

「じゅん先生…」

——それは『見守る』んじゃなく、『のぞき見』って言うんじゃあ……？

メガネ越《ご》しの瞳がキラキラ輝《かがや》いていて、相変わらずの彼女に疲《つか》れた笑いが漏れた。

じゅん先生はいま赤いドレスから私服に着替えて、フットワークが軽そうなアイボリーのパンツスーツを着ている。慎一にとって彼女は実の姉のような存在だ。親身になって相談にも乗ってくれるし、彼女の竹を割ったような男前の性格には憧《あこが》れる。

〃ホントに、『いいお姉さん』なんだけどなぁ…〃

ノーマルだったぼくらが恋人《こいびと》同士になる前から、彼女は趣味《しゅみ》と実益を兼《か》ねて熱く応援《おうえん》してくれている。主にファンタジーやSFを書いているじゅん先生だが、じつは『男同士の恋愛《れんあい》』が大好きな困った人なのだ。

「あたしはかまわないんだけど、店員《スタッフ》が困るから試着室《ここ》でセックスはマズイわよね〜」

「そ、そんなこと…絶対しませんからっ」

メガネのフレームを指で押し上げた彼女に、ぼくは胸の前で両手をバタバタしてしまった。

「そうだ、軽いフレンチキスだぞ」

カーテンの向こうで慎一がよけいな口を出す。

「なに言ってるの、フレンチはディープキスじゃない」

「『おれ的』に、あれがひかるにする一番軽いヤツなんだっ」

「え〜、あれで軽いわけ？　じゃあ、いつでもどこでも、ひかるは濃《こ》い〜いキスされまくってるのねえ」

「あ、あの…声が大きいです…」

ぼくはふたりに小声で言った。店のスタッフは離れた場所にいるけど、ふたりとも声が大きくてドキドキする。

「ふふ、もうキスだけで達《イ》っちゃうでしょ？」

耳元で艶《つや》っぽく囁《ささや》かれ、思いきりげほっと噎《む》せてしまった。

こんなセクハラが慎一にそっくりで、さすが姉弟《きょうだい》だと思ってしまう。

「でもよかったじゃない、ラウンジでキスされなくて」

「じ、じゅん先生、コワイこと言わないでくださいよっ。こんなに目立つ人に呼ばれただけで心臓バクバクだったんだから…」

「あははは〜っ、ホントに慎一《コイッ》って『ひかる』しか見えてないのよね〜」

カーテンを指さしたぼくに、じゅん先生が笑いながら頷《うなず》いた。

「可愛い奥さんを自分の元に呼ぶためなら、周りに誰《だれ》がいようがフェロモン全開！」

「『誰がいようが全開』なとこが問題なんですけど…」

「愛されてて幸せじゃな〜い♪　それに奥さんの反応《ひかる》が初々《ういうい》しいのは、それだけ慎一《ダンナ》の色気やテクニックがパワーアップしてるってことよ。だって一年も一緒《いっしょ》に暮らしてるのに、ひかるまだ簡単に口説かれちゃうんでしょ？」

紅《あか》いネイルで頬《ほお》をつんと押されて、〝うっ〟と顎を引いてしまう。

「だから…、誰でも口説かれちゃうのが迷惑《めいわく》なんですっ」

「おれは、おまえしか口説いてねーぞ」

ぼくらの会話に苦笑《くしょう》しながら彼がカーテンを開けた。着替《きが》えた彼は黒のハイネックシャツとジーンズで、ブルゾンを肩に掛《か》けている。

「口説かなくても惚《ほ》れてますから、『外』ではふつうにしててくださいね」

お願いのポーズで指を組んで、ぼくは彼を見上げた。さっきだってケイタイで一言『戻《もど》ってこい』と言ってくれたから、ぼくは喜んで試着室まで走っていったのだ。

「わかった、ふつうにな」

靴《くつ》を履《は》きながらそう言うと、ぼくの額にちゅっとキスする。

「……は……」

「そーそーっ、いまのがふつうの『軽いキス』なのよ〜！」

絶句して額を押さえたぼくの横で、じゅん先生が手を叩《たた》いて爆笑《ばくしょう》していた。

◇◆◇

『ひかる、あたしいま成田《なりた》に着いたんだ〜♪』

じゅん先生から電話が入ったのは、小夜子《さよこ》さんを見送った後、ちょうどぼくらが成田空港から車で走り出したときだった。

『朝着く予定だったのに、飛行機が四時間も遅れたのよー。も〜お腹《なか》減っちゃったわ、ねえいま自宅？　これから待ち合わせして、どこかでおいしい日本食を食べない？』

楽しそうに提案する彼女は、去年の暮れからニューヨークに取材旅行に出かけていたのだ。

帰国日を聞いていなかったけど、ぼくらと入れ違《ちが》いに空港に着いたらしい。

「え〜と、じつはいまから実家に行くんです」

事情を知っている彼女に、今いる場所と予定を報告した。

『ええ〜っ、カミングアウトって今日だったの!?　ねえ、まだ空港近くにいるんでしょ？　だったら会って食事しながら相談しない？　おみやげも渡《わた》したいし』

「じゅんっ、いまおまえにかまっているヒマはない」

ぼくのケイタイに顔を寄せると、慎一が不機嫌《ふきげん》そうな声で言う。

『何時に行くって約束してるの？』

「いつでもいいって言われてるから、夕方くらいに着けばいいかなって」

正直に答えたぼくに、慎一が〝あ〜…！〟という表情で額を押さえる。

『ちょっと慎一、いまちゃんとしたスーツ着てるんでしょうね？』

じゅん先生の声が聞こえたのか、彼が〝うっ〟という顔をする。

「あの、じゅん先生、うちの両親が緊張《きんちょう》するから、ふつうの格好でいいと思います」

いつもの黒いブルゾンを着ていた彼が動揺《どうよう》していて、ぼくはあわててフォローした。

『なに言ってるのっ、恋人の両親に正式に挨拶《あいさつ》しに行くんでしょう!?　こんな大事なときに男がスーツを着ないでどうするの！』

ビシッと言われて、慎一がむうっと唇《くちびる》を結ぶ。

「慎一、ホントに服なんて気にしなくていいですよ」

厳しい表情になった彼に、ぼくは〝大丈夫《だいじょうぶ》だから〟となだめたのに…。

『お姉さんがスーツを選んであげるから、すぐに迎《むか》えに来なさい』

「わかった…」

——ぇえ〜〜〜〜っ？

ぼくのケイタイで場所を確認《かくにん》する彼に、びっくりしてしまった。

「悪いひかる、ちょっと遅《おく》れるけどスーツを調達する」

そう言った彼は、自分のブルゾンの胸を拳《こぶし》で押さえて深く息を吐《は》き出した。

「慎一……」

余裕《よゆう》に見えた彼が、じつは内心かなり緊張していたことを、このときぼくは初めて知ったのだ。

考えてみれば当たり前だ。

ぼくには実家でも、彼にとっては一度訪ねただけの他人の家なのだから……。

◇

ホテル上層階にある料亭《りょうてい》は、奥が個室になっていて坪庭《つぼにわ》までついていた。窓から都心のビル群が一望できるけど、障子を閉じると趣《おもむき》のある和室になるので落ち着ける。

「とにかく自分で決めたんだから、どんな結果になっても後悔《こうかい》しちゃだめよ」

「はいっ」

厳しい口調で人さし指を立てるじゅん先生に、ぼくはしっかり頷いた。

「あたしだって人間だもん、問題にぶつかれば迷ったり悩《なや》んだりするわよ。苦しい選択《せんたく》を迫《せま》られるときだってあるわ。でも一度決めたら、もう絶対後戻りはするなって自分に言い聞かせてるのよ。だから…さっきのアレも、思いきって買っちゃったのよ〜〜〜っ！」

「はいっ!?」

激励《げきれい》だと思って聞いていたぼくは、途中《とちゅう》で首をひねってしまった。

「ほら、あの赤いドレスよーっ！　派手すぎてどうしようかすっごく迷ったけど、ギャラリーに絶賛されたから、悩んだあげく決めちゃった〜〜〜っ♡」

嬉《うれ》しそうにぱんっと両手を合わせた彼女に、ぼくはふらっと後ろに倒《たお》れそうになった。

──ホントに、じゅん先生らしい……。

料理を待つ間、ハイテンションで盛り上がる彼女のおかげで、かなり気分が軽くなった。

「そういえば、ひかる、ラウンジでおもしろいことしてたわね。まさかあの局面でメールするなんて、慎一も『やられた！』って感じじゃない？」

「ああ、意外だったからウケたぞ」

「いえ、ウケを狙《ねら》ったんじゃなく、苦肉の策だったんですけど…」

裏目に出たけど、結果的に自分は目立たなかったので、まあいいかと思う。

「でもホテルのお客さん達、みんな慎一とじゅん先生が画家とか作家って知らないで騒《さわ》いでたんですよね？」

「あ～、なんかね、あたし達イタリアンブランドのコレクションラインを着てたから、ショーモデルだと思われてたみたい。慎一なんて熱烈《ねつれつ》なおばさま達に、もみくちゃにされながら、『なんでひかるだけ来ねーんだよ』ってぶりぶりしてたわよ」

「怒《おこ》るに怒れなくて苦笑いしてましたねー、自分のせいだけど」

「おまえも自分だけ逃《に》げるしな」

笑って言ったぼくに、慎一がタバコを吸いながら苦笑する。

あのとき、ぼくは人だかりの外から、そっと慎一に手を振《ふ》って逃げ出したのだ。あの騒動《そうどう》では、とてもこわくて近寄れない。

「ラウンジでも思ったけど、慎一とじゅん先生って、外国人が相手でもぜんぜん動じませんね」

一般人《いっぱんじん》のぼくなど、いつもこのふたりに驚《おどろ》かされてしまう。

「まーねー、あたしはわりと人目は平気かなぁ。慎一も中学あたりからぐんと背が伸《の》びたし、大人びてたから、つねに誰かに見られてるの当たり前だったわよね。あたしも女にしては長身だし、しかもこんなに美人だからつい目立っちゃう」

「…そうですね～」

自分を指さして、あっはっは～と豪快《ごうかい》に笑う。じゅん先生はなんでも堂々と言うので、ぜんぜん嫌味《いやみ》な感じがしない。

「それに外国人って言ったって、文化や言葉が違っても同じ人間だもん、反応はそう変わらないわよ。あたしも英語ぺらぺらじゃないけど、海外で言葉がわからないときは威張ってたらなんとかなるものよ」

「そうなんだっ、日本にいるときと同じですね」

疑問も持たずに感心したぼくに、胸を張っていた彼女が吹《ふ》き出す。

「誉《ほ》めてますっ」

「そ〜ねっ、ひかるったら相変わらず天然でいじめたくなるわあ〜。この慎一に買ってきたおみやげ《アイテム》、あたしがひかるに使っちゃおうかな」

怪《あや》しい紙袋《かみぶくろ》を持ち上げて意味ありげに笑う彼女に、ちょっとドキドキする。前回のおみやげも、かなりやばいアイテムだったのだ。

「いえあの、それは遠慮《えんりょ》します」

ぼくは両手を大きく振って辞退した。慎一はケイタイで交通情報を確認していて、笑っているだけでフォローしてくれない。

「あっ、そういえば！　じゅん先生、取材旅行どうでしたか？　今度ミステリーを書くって聞きましたけど、ニューヨークが舞台《ぶたい》の話？」

コワイ話になる前に、ぼくは急いで話題を変えた。

「うんそう、本格的なモノを書きたかったから主人公達の観光ルートを辿《たど》ってきたのよ。ちょうど友達のアパートメントの部屋も空いてたしね」

吹き出しながら、紙袋を座卓《ざたく》から下ろしてくれた。

「向こうは寒さが厳しくなかったですか？」

「うん、日本より寒いけど、あたしけっこう寒さには強いのよ。毛皮のコート着て毎日歩き回ってたわ。何か調べるっていうより、ニューヨークの空気を吸って、街や人を記憶《きおく》するって感じかな」

「雰囲気《ふんいき》を覚えると、描写《びょうしゃ》が生きますよね」

やっとふつうの会話になってホッとする。

ぼくも作家なので、その感覚はなんとなくわかる。写真や文献《ぶんけん》も大事だけど、取材は自分をその土地に置いて『見て』『聞く』ことが最大の収穫《しゅうかく》なのだと思う。目に入る看板も、聞こえる言葉もすべて英語、それだけでも感覚はまったく違《ちが》うはずだ。

「今度写真を見せてあげるけど、クリスマスのディスプレイとかロマンチックだったわよ～。ぜんぶ自分の足で取材したから、裏通りの美味《おい》しいお店もばっちり！　グルメ雑誌で特集組んでもOK！　うふっ、編集に企画《きかく》出しちゃおうかな」

「…ミステリーの取材ですよねえ？」

「まっ、食文化も大事かなってね。もちろん、いい男のいるショーパブとかSMグッズの充実《じゅうじつ》してるお店も、ちゃ～んとぬかりなくチェックしてあるわよーっ」

「さすが、じゅん先生っ」

自信満々で親指を立てた彼女に、つい拍手《はくしゅ》してしまった。

「うふふ、一緒《いっしょ》に旅行に行くときは、おもしろい場所をいろいろ案内してあげるわね。なんでもあたしに任せなさ〜い」

「はい、よろしくお願いしますっ」

どんと胸を叩《たた》くじゅん先生は、慎一と言動が似ていて頼《たの》もしい。


「うわ〜っ、これよこれ、やっぱり日本食が最高っ！」

料理が運ばれてくると、じゅん先生のテンションがさらに跳《は》ね上がった。

かりっと揚《あ》がった天ぷらを頬張《ほおば》って、じゅん先生が幸せそうに顔をほころばせる。座卓には鯛《たい》の活《い》け作りやすき焼きといった、彼女の食べたかったモノがすべて並んでいた。

「う〜ん、おいし〜♡　あたし朝は機内食だけだったし、成田ではケーキとサンドイッチしか食べてないから、お腹《なか》減ってぜんぜん気力が出なかったのよね〜」

ぼくらの向かいで料理を口に運びながら、彼女は満ち足りた表情で頷《うなず》いている。

「朝も食ってるし、間食もしてるじゃねーか」

あきれ顔で肩《かた》をすくめた慎一に、彼女はちっちと指を振る。

「『美味しいモノ』を食べないと、本来の力《パワー》が出ないのよ」

「気力が出なかったって…、じゅうぶんパワフルだった気がする」

「きっと今はビルを破壊《はかい》するくらいのパワーなんだろ」

　慎一と顔を見合わせて笑ってしまった。

「うるさいわね～、あなた達もどんどん食べなさい。お腹がいっぱいになれば人間は元気になるの。そしたら気持ちだって前向き《ポジティブ》になるってもんよ」

「じゅん先生って前向きだし、胃が丈夫《じょうぶ》でいいなぁ」

　ぼくは精神的なダメージがすぐ胃にくるので、かなり羨《うらや》ましい。

「じゅんは野性だ、むかしからなんでも食ったしな」

「失礼な弟ねぇ、あたしはむかしからグルメだから、ちゃんと選んで食べてたのよ」

　ナプキンで上品に口を拭《ぬぐ》って、うふっと笑う。

「ひかる、じゅん《コイツ》はなぁ、おれが小学生のときポッキー食って歩いてたら、突然《とつぜん》木の上から飛びかかってきたんだぞ」

「き、木の上から～…⁉」

「じゅんが走り去ったあとポッキーは消えてるし、子ども心になんて素早《すばや》いケダモノだと思ったぜ」

「すごいっ、さすがじゅん先生！」

慎一に飛びかかる彼女を想像したとたん、ぼくはこらえきれずに吹き出してしまった。

「すげえグルメだろ？　食い物持ってると見境なく襲《おそ》ってくる」

言いながらいろいろ思い出したのか、慎一が腹を抱《かか》えて笑っている。

「んま～、ポッキーくらいで根に持つなんて狭量《きょうりょう》な男ねえ。『世界の風見画伯《がはく》』の名が泣くわよ」

「慎一だって小学生から『世界の風見画伯』じゃないですよ～」

ぼくのフォローに、じゅん先生が吹き出した。

「まーそうね、あたしも覚えてないような些末《さまつ》なことは許してやるわよ」

「なに言ってやがる、この姉貴は」

「セリフだけ聞くと立派だな～」

食事をしている間、ぼくらはそれぞれ別のツボで笑い転げてしまった。

「ど～お？　あたしのおかげで、すっかり元気になったでしょ」

「ホントですね、感謝してます」

食後にお茶をいれてくれた彼女に、ぼくは笑顔《えがお》でお礼を言った。もちろん実家に向かうプレッシャーはあるけど、たくさん笑ったおかげで緊張《きんちょう》が解けて少し肩が軽くなっている。

「本当はあたしも一緒に行って弁護してあげたいくらいだけど、こればっかりはふたりで話さないとね」

「はいっ」

そう、これは誰《だれ》かに助けてもらうのではなく、ぼくと慎一、ふたりだけの問題だ。

「ふたりで決めたんだから覚悟《かくご》してるとは思うけど、聞かされたご両親だってショックなんだから、あとは誠意を持って気長に説得するしかないわよ」

「ああ、何度でも足を運ぶつもりだ」

慎一が顔を引き締めてそう言った。

「ぼくも、認めてもらえるように家族を説得します。慎一だけにつらい思いはさせません」

「うん、えらいえらい、さすが男の子」

座を正して言ったぼくに、彼女は嬉《うれ》しそうに頭をぽんぽんしてくれる。

「慎一、ここを何時に出るの？」

「下りの東名《とうめい》は空《す》いてるらしいから、二時くらいに出れば六時前には余裕《よゆう》で着くかな」

腕《うで》時計をちらっと眺《なが》めて答える。まだ一時を回ったところなので、もうちょっとのんびりできそうだ。

「スーツの直しはどのくらいかかるんですか？」

彼は長身なので、裾《すそ》と袖《そで》を長めに出してもらっているのだ。

「食事してる間に用意できるって言ってたから、そろそろおれのケイタイに電話がくるだろ」

「じゃあ、六時くらいに行くって実家に連絡《れんらく》しておきますね」

「ああ」

ぼくがケイタイを取り出すと、慎一がまじめな表情で頷いた。

実家にかける前に、ぼくは一度大きく息を吸い込んだ。これから行くんだと思うと、さすがに気分が引き締まる。三回のコールで母が電話に出てくれた。

「あっ、母さん？　ぼくら六時過ぎに着くと思う」

『はいはい何時でもいいわよ、気をつけていらっしゃいね。ところで、風見さんは好きな食べ物ってあるかしら？』

なんとなく焦《あせ》って早口なぼくに、母がのんきそうに笑う。

「夕食はなんでもいいから、父さんにお酒飲まないように頼んでくれる？　今晩大事な話があるから酔《よ》ってると困るんだ」

『あらまあっ、お父さんは今晩いないわよ』

「はあっ？　父さんいないの⁉」

びっくりして聞き返してしまった。

「だって、慎一とふたりで行くって電話したら『みんなで待ってるから』って…」

『もちろん大歓迎《だいかんげい》で待ってるわよ〜、風見さん泊《と》まるんでしょう？　お父さん町内会の旅行で明日の昼過ぎに帰ってくるから、話があるならそのときに相談すればいいじゃないの。それよりねえ、さっき電話したら、おばさん達はみんな来るってっ。大《おお》おばあちゃんなんて、『わしは風見さんの横に座る』って、今からすご～く楽しみにしてるわよ～♡』

「そんなあっ」

うきうきしている母の声を聞きながら、ぼくはつい声をあげてしまった。

「…慎一、父が旅行中だそうです。今夜は親戚《しんせき》も集まるみたいだし…どうしますか？」

困って聞いたぼくに、彼は電話を代わってくれた。

「お母さん、風見です。はい…ええ、ふたりで元気にやってます」

心地《ここち》好い低音で話す彼に、受話器の向こうで喜ぶ母の顔が想像できてしまった。母を含《ふく》めて、うちの親戚の女性達はみんな慎一の大ファンなのだ。

「…ええ大事なお話なので…お願いできますか？」

笑顔で母と話したあと、彼は通話を切って、何か考え込むように前髪《まえがみ》をかき上げた。

「けっきょく、どうなったんですか？」

「ああ、明日伺《うかが》うことになった。明日なら家族だけで待っていてくれるそうだ」

「……明日かぁ」

聞いたとたん、肩からど～っと力が抜《ぬ》けた。

「まあ、いきなりだったからな。しょうがないさ」

「すみません、なんか出直すハメになっちゃって」

慰《なぐさ》めてくれる彼に、申し訳なくて手を合わせてしまった。

「ちょっと出直すわけ〜？　せっかく出かける決心したんだから、このまま家に戻《もど》っても悶々《もんもん》とするだけじゃない。あたしがよく使う静岡の旅館があるのよ。いま電話して聞いてあげるから、部屋が取れたら、このまま行っちゃいなさい。明日はそこから実家に向かえば楽勝よ」

「ひかる、そうするか？」

「はい」

たしかに、このまま帰っても明日のことを考えて悶々としそうな気がする。かといって、ぼくの実家に泊まって楽しくだんらんしたあと、『じつは…』と切り出す話でもないのだ。

「じゅん、正月にいきなり部屋が取れるのか？」

「うん穴場だから大丈夫、かなり料金高いけど、ふたりにオススメの温泉なのよ〜！」

そう言って、じゅん先生は自分のケイタイで予約を入れてくれた。

「さ〜て、予定もばっちり決まったことだし、デザートでも取りましょ。気力も体力も、お腹《なか》が減ってたら湧《わ》いてこないわよ」

「おまえ、たったいま食ったばっかだろ〜！」

「食べ物はもう…」

コースにもデザートが付いていたので、けっこう無理して食べた。

「この料亭《りようてい》は、デザートも絶品なのよ」

「あ、忘れてた、さっきひかるのおふくろさんに伝言を頼《たの》まれたんだ」

急に慎一が思い出したように言う。

「え…、何をですか…？」

ぼくは唾《つば》を呑《の》み込んで聞いた。

「いつものをよろしくって言ってたけど、意味わかるか？」

「……あ〜、たぶん『志《し》ら尾《お》』の黒胡麻羊羹《くろごまようかん》のことです」

「あ〜、それあたしも好き！　上品な甘さですっごく美味《おい》しいのよね〜」

ぼくより先に、じゅん先生がぽんと手を打つ。

「それ父が好きなんだけど、今回はおみやげなんていいですよ。それどころじゃないんだし」

「お父さんの好物なら、なおさら持っていくべきでしょ。この近所なら三越《みつこし》の地下で売ってたわよ。もう昼過ぎだから、完売しないうちに早く押さえた方がいいかもね」

「わかった」

「…じゃっ、じゃあ、ぼくが行ってきますっ」

立ち上がりかけた慎一の肩《かた》を押さえて、ぼくは自分を指さした。

「タクシー使ってすぐ戻ってきますから、慎一は電話が来たらスーツを取りに行ってください」

「ひかる、ひとりで大丈夫《だいじょうぶ》なのか？」

「あの〜、ぼく男だし大人なんですけど」

たしかに危ない目に遭《あ》ったことはあるけど、デパートでおみやげを買うだけで、ここまで心配されるのは情けない。

「そうよ慎一、過保護すぎ！　あんたはもう一度スーツを合わせるんだから、買い物は奥さんに任せなさい」

じゅん先生にビシッと指をさされて、慎一が渋《しぶ》い顔をしていた。

◇◆◇

地下食品街は正月商戦のまっただ中で、いつもより多い人出にフロアは活気に溢《あふ》れていた。老舗《しにせ》の『志ら尾』には短い行列があったけど、二十分くらいで父の好物を買うことができた。包装された黒胡麻羊羹を受け取ってホッとすると同時に、少しだけ切ない気分にもなった。

いつも帰省のたび、こんなふうにおみやげを頼まれる。

でも、今回の帰省は、ちょっと意味合いが違《ちが》う。ぼくにとっても、ただの帰省じゃないし、慎一には覚悟《かくご》を決めた訪問なのだ。

〝父さん、喜んで食べてくれるといいなぁ…〟

タクシーでホテルに戻るとき、膝《ひざ》に置いたきれいな紙袋《かみぶくろ》を眺《なが》めて、無意識にため息を漏《も》らしている自分に気づく。いつもは気にも留めないみやげ物の袋が、今日はやけに重く感じられた。

以前、ふたりで実家に行ったとき、ぼくは彼を『友人』として紹介《しょうかい》したのだ。『立派な画家の先生』として、両親も親戚一同も総出で彼を歓待してくれた。

去年の十二月に開催《かいさい》した彼の個展に招待したときも、『息子《むすこ》の友人は素晴《すば》らしい人だ』と、父と母は、あらためて感動して帰っていった。

慎一は誰《だれ》が見ても非の打ち所がない人間だ。容姿も才能も兼《か》ね備えていて、ぼくを誠実に愛してくれている。ただひとつの問題は、ぼくらが男同士ということだけ…。

〝それこそが、最大の難題なんだよね…〟

窓の外を流れていく街並みを眺めて、ぼんやりと考えてしまう。

ただひとり、弟の健也《けんや》にはぼくらの関係がばれてしまった。帰り際《ぎわ》に待ち伏《ぶ》せていた健也は、慎一を罵《ののし》って…殴《なぐ》りつけたのだ。自分の弟が、そんなにひどいことをするなんて思わなかった。

でも、それがふつうの反応なのだと、あらためて思い知らされた。止めに入ったぼくを後ろに押しやって、黙《だま》って殴られている慎一は、もう見たくない。

『…おれ、おまえの家族から、おまえを奪《うば》っていくんだよな…』

実家から帰る途中《とちゅう》、彼はハンドルを握《にぎ》りながらぽつんと呟《つぶや》いた。

『おまえも、家族を失《な》くすかもしれない。おれがしてるの…、そういうことなんだな』

そう言って寂《さび》しそうに微笑《ほほえ》んだ彼は、そのときぼくと、ぼくの家族のことだけを考えていたんだと思う。

慎一がぼくのことを真剣《しんけん》に考えてくれるのは嬉《うれ》しい…、けど同時に胸が苦しくなる。

両親の愛情に恵《めぐ》まれずに育った彼は、誰よりも『家族』というものを大切に考えている。だから彼は、ぼくを家族から奪うのではなく、自分と一緒《いっしょ》に生きていくことを、両親に許してほしいのだ。

本当は今だって話すのが正しいかどうか、ぼくにはわからない。真実を知ったときに両親の受ける衝撃《ショック》を考えると、このままずっと黙っていた方がいいのかもしれない。

もしぼくが頼めば、きっと慎一は頷《うなず》いて『いい友人』のふりを続けてくれる。でも、それは家族を騙《だま》し続けることで、同時に自分の愛する人にも、一生嘘《うそ》をつかせることになる……。

慎一は、ぼくの両親に誠意を持って話したいと言ってくれた。その彼と一緒に、ぼくも両親とまじめに向き合うつもりだ。

結婚《けっこん》という契約《けいやく》もなく、世間に認められることもないけれど、もうぼくは、彼と一生を共にする覚悟ができている。

◇

「けっこう時間かかっちゃったな、急がなくちゃ」

途中の道路で渋滞《じゅうたい》してしまい、タクシーを降りたとき二時近くになっていた。

「あ、今夜は旅館に泊《と》まるんだっけ…」

走りかけて肝心《かんじん》なことを思い出し、苦笑《くしょう》して頭を掻《か》いてしまった。それでも待たせている手前、早足で料亭《りょうてい》に向かう。

人気《ひとけ》のない廊下《ろうか》を奥に進みながら襖《ふすま》の前に立つと、ふたりの会話が微《かす》かに聞こえた。

――慎一も戻ってるんだ…。

なんとなくホッとして、ぼくは襖に手を掛《か》けた。スーツを受け取ったら、もうあとは出かけるだけだし、時間もちょうどいい。

『…で、慎一《あんた》は〝小夜子《さよこ》〟に会いに行ったのね…』

聞こえてきた名前に、ふいに指が止まった。

『ああ、空港で別れてきたよ』

まじめに答える慎一の声に、ぼくはその場で、ゆっくりと息を吸い込んだ。

〝彼女のことを、じゅん先生に話したんだ…〟

そう思ったとき、急に心臓がズキンと痛んだ。

もう、終わったことだ…すべて解決したこと…。なのに、まだ彼女の名前を聞くと胸の奥がざわめいてくる。

四條《しじょう》小夜子は、慎一の初恋《はつこい》の女性《ひと》だ。

彼が高校一年の夏に出会って、その夏の終わりに姿を消した美しい女性。初めて本当に愛したという彼女を、慎一は十年ものあいだ忘れられずにいた。

『小夜子…どうして…』

クリスマスに彼女と再会したとき、激しく動揺《どうよう》した彼に、ぼくは震《ふる》えが止まらなかった。

『どうして、おれから逃《に》げたんだっ！　おれは…おまえを愛してたのにっ!!』

ぼくがその場にいなかったら、慎一はきっとそう叫《さけ》んだはずだ。

あのとき目の前にいた慎一は二十六歳の大人でも、有名な絵描《えか》きでもない。彼女を失った瞬《しゅん》間《かん》の、十六歳の少年の表情《かお》だった。

もう十年も前のこと、終わった過去のこと…。なのに、ずっと忘れられないまま慎一が彼女だけを愛していたことを、そのとき思い知らされた。

——どうして、おれの前から黙って消えたんだ…っ！

突然《とつぜん》の彼女の失踪《しっそう》は、少年だった彼にそれだけ深い傷跡《きずあと》を残したのだ。

あのとき、慎一はもう会わないと言ってくれたのに、会いに行ってほしいと頼《たの》んだのはぼくだ。

本当は、むかしの恋人になんて会ってほしくない、でも…。

理由も聞かずに再び別れたら、もう彼の意志とは関係なく、『小夜子』はずっと慎一の胸の奥に残ってしまいそうな気がしたからだ。

ぼくが彼から聞いていたのは、ほんの一部だけだった。

でもいま、ぽつぽつと語られる会話から、『小夜子』の結婚生活がけして幸福ではなかったことがわかる。家のために連れ戻《もど》された彼女が、せめて愛情ある夫《ひと》と巡《めぐ》り会っていたら、慎一との恋愛《れんあい》も、ゆっくりと思い出に昇華《しょうか》されたかもしれない……。

『――慎一の子どもだと思って育ててるのよ』

空港で別れるとき、彼女は笑顔《えがお》でそう言った。

両親や夫の愛情に恵まれなかった彼女は、生まれた子どもの目が青くても、そう思わなければいられなかったのだと思う。

ただ経緯《けいい》だけを話す慎一の口調は、静かで淡々《たんたん》としている。でも、語られる言葉の端々《はしばし》から、ぼくは彼女の悲しい気持ちが見えてくる。

『慎一は私を選んでくれました。これからは私と一緒に暮らします…』

彼を待っていた四日の間、彼女から二回電話があった。

まさかと思いながら、慎一を失うという恐怖《きょうふ》に目の前が真っ暗になった。あのときのつらさを思い出すと、まだ少し苦しくなる。でも…、

『…おれにはもう、とても大事な人がいる』

会ってすぐ、慎一の口から謝罪と別れを告げられた彼女が、ぼくよりつらくなかったなんて、けして思えない……。

『…そりゃね～、彼女からすれば一分一秒でも引き留めたいと思うわよ。一緒にいる間は、恋人《ひかる》になんて電話をさせたくないでしょうね。あたしはね、ひかるに〝嘘の電話〟をした小夜子の気持ちもわからなくもないし、もし自分の子どもだったら責任を取りたいって慎一《あんた》の気持ちもわかるのよ。でもさ、一番大事なのは誰？　あんたは子どもをあきらめて、ひかるの元に戻るべきだったのよ』

『ああ、結果的に、ひかるを苦しめたのはおれだ…』

じゅん先生の厳しい声に、彼は静かに呟いた。

『でも…、小夜子に受話器を置かれたとき、おれは子どもを待つことを選択《せんたく》した。責任というより…どうしても会いたかったんだよ』

慎一の頑《かたく》なな答えに、彼女はふうっとため息をつく。

――は、入りにくい……。

姉弟《ふたり》でまじめな話をしているのを、ぼくは初めて聞いた気がする。どうにも踏《ふ》み込めない雰《ふん》囲気《いき》で、襖の外でおろおろしてしまった。

『じゃあさ、四日の間、あんたは何してたの？　ひかるがいないから正直に言いなさいよ。小夜子と寝《ね》たの…？』

声をひそめたじゅん先生に、ぼくの心臓がずきっと鳴った。

『ば…っ冗談《じょうだん》じゃねーよ、そんなことしたらひかるに嫌《きら》われるじゃねーかっ！』

『あ〜ら、〝おれ様〟らしくない弱気な発言ね〜』

動揺してお茶をこぼした（らしい）慎一に、じゅん先生がぷ〜っと吹《ふ》き出す。

『あのな〜…、ひかるを手に入れるために、おれがどんなに苦労したと思ってるんだ。初めて本気で口説いて、あらゆるモノを駆使《くし》して、やっと落としたんだぞっ。そうまでして手に入れた相手を裏切れるかよ』

『そういや絵をせっせと貢《みつ》いでたわよね〜。ひかるは、あんたの容姿や年収はどうでもよかったわけだし、最初から男だって一線引いてたし。あははは〜、絵描きでよかったじゃないっ』

『うるせーよ、ばか姉貴…』

じゅん先生にバシバシ叩《たた》かれながら、悔《くや》しそうにぼやいている。

ちょっと笑ってしまったけど、まじめに自分のことを想《おも》ってくれる彼の気持ちが嬉《うれ》しかった。

『だいたい今だって、ひかるは放《ほう》っておくと男に拉致《らち》られそうで、ぜんぜん気が抜《ぬ》けねーんだよっ！』

——…す、すみません……。

襖の向こうで慎一にでっかいため息をつかれて、ぼくは申し訳ない気分で赤面してしまった。

『でもさ〜、そこまで奥さんに惚《ほ》れてるくせに、よく四日も放っておけたわね〜』

『…おれだって平然としてたわけじゃないさ』

ふたりがタバコに火をつけたので、ぼくは胸を押さえて襖に手を掛けた。

『じゅんだから情けないこと言うけどな、待ってる間、おれすげえ悩《なや》んで混乱してたんだよ』

そう言われると、ぼくは入っちゃいけない気がしてくる…。

『待ってる間、ソファで少し目を閉じたくらいかな…。眠《ねむ》ろうとしてもいろいろなこと考え込んじまって…、いま考えても、あのとき何を食べたとか…まるで覚えてないんだ。日にちや時間の感覚が狂《くる》ってたんだろうな。ときどき、おれ、ここで何してるんだっけって…自分の状《じょう》況《きょう》がわからなくなった。ひかるの泣き顔とか浮《う》かんでくると、たまらなくて…、ドアを開けて逃げ出したくなる…』

『うん、ひかるを待たせて四日は長いわよね』

『長かったよなぁ～…何度か目にソファで起きたとき、おれ無意識に立ち上がってひかるを呼んだんだ。部屋を探し回ってて…、小夜子に泣かれた。何度も謝ったよ…。おれが逆の立場だったら、そんな相手と同じ部屋にいるのはやりきれない。ふたりでいても、互《たが》いに酸素の足りない水槽《すいそう》であがいてる感じだった…』

淡々と語りながら、慎一が少し苦しそうなため息をついた。

『ねえ…そんなに苦渋《くじゅう》の選択をしてまで、あんたは子どもに会いたかったの？』

『ああ、三人で暮らせないなら、会わせるのは一度きりだと言われたからな。たった一度なら、なおさら会いたい。どうしても会わせてほしいと…、おれが頼んだんだ。二度と会えないのなら、ひとつだけ伝えたいことがある。その子に会って、顔を見て、「おまえのことを大切に思っているから」と、せめて自分の口から言いたかったんだ…』

彼が静かにそう話したとき、じゅん先生が深い吐息《といき》を漏《も》らした。

『…そっか…、慎一《あんた》は両親の離婚《りこん》で寂《さび》しい思いをしたもんね…。あたしの家に来たときも、最初はぜんぜん口をきかなかったし…、あれって両親との会話がなくて、喋《しゃべ》らなくなっちゃったんでしょう?』

『どうかな、もう覚えてねーよ』

『むかしから、慎一ってひとりで我慢《がまん》して黙《だま》り込む癖《くせ》あったのよね。あたしがぶっても、お菓《か》子《し》取っても泣かなかったし〜』

『そういや、ばか姉貴にさんざんいじめられたよな』

笑っている彼女に、慎一は苦笑《くしょう》しながら文句を言っている。

以前、慎一に家族の話を聞いたとき、じゅん先生の家族のことは楽しそうに話すのに、実の両親や姉達には、まったく興味がなさそうだった。

『もう全部過去のことだけどな…。でも、子どものことを考えたときは、久しぶりにガキの頃《ころ》の自分の気持ちを思い出してたよ。もし、おれに息子《むすこ》がいるなら、けしてあんな思いはしてほしくない。たとえ離《はな》れて暮らすことになっても、親に必要とされていたら、きっと心の支えになるはずだからな…』

低く響《ひび》く彼の声を聞きながら、ぼくは〝うん〟と小声で頷《うなず》いた。

きまじめで優《やさ》しい彼の想いに、目頭《めがしら》が熱くなってくる。

――慎一にも、それだけ重くて長い四日間だったんだ……。

幼い頃に家庭が崩壊《ほうかい》してしまった彼は、人一倍、『家族』というものに憧《あこが》れている。だから本当の彼は不器用なくらい誠実で、誰《だれ》よりも愛情が深い。子どものことだって、きっととても大切に考えたはずだ。

『おまえのことを大切に思っている』

『おまえを愛しているから』

もし両親のどちらかでも慎一にそう言ってくれたら、幼かった彼はきっと孤独《こどく》ではなかったと思う。だからこそ彼は、子どもに会ってどうしても自分の口から伝えたかったのだ。

襖《ふすま》の外でふたりの会話を聞きながら、ぼくは慎一と出会ってから今までのことを思い出していた。

彼と恋人《こいびと》同士になったとき、最初ぼくは不安でたまらなかった。

有名なイラストレーターの彼が、ぼくなんかに本気なわけはない、誰か好きな人ができたら、きっと捨てられる…。

いつもどこかで疑っているぼくに、彼はあきれるほど根気よく、偽《いつわ》りのない気持ちを示して信じさせてくれたのだ。

夜中に目を覚ますと、眠っている彼が、どんなにぼくを大事にしてくれているか気づいてしまう…。目を閉じたままぼくを抱《だ》き寄せると、ふとんにくるんで冷えきった肩《かた》を大きな掌《てのひら》で温めてくれた。そんな無意識のしぐさに、深い愛情を感じる。

『おれの腕《うで》の中で、安心して眠っているおまえがいいんだよ…』

慎一は、いつも愛《いと》しそうに目を細めてそう言ってくれた。

彼の描《えが》く『ひかる』は、日溜《ひだ》まりの中で眠りながら幸せそうに微笑《ほほえ》んでいる。

まだ一緒《いっしょ》に暮らして一年ちょっとだけど、ぼくがうっかり連絡《れんらく》を忘れても、彼が忘れたことは一度もなかった。どんなに疲《つか》れていても、ぼくを見ると必ず嬉しそうに笑ってくれた。

それはほんの日常の些細《ささい》なことかもしれない…。けど、ぼくらはそんなふうに毎日少しずつ愛情や信頼《しんらい》を積み上げてきたのだ。

◇

自分が落ち着くのを待ってから襖を開けると、ふたりが「おかえり」と笑顔《えがお》で言ってくれた。

「ひかる、じゅんに小夜子のことを話したぞ」

ぼくが隣に座ったとき、彼は隠すでもなくふつうに報告する。

「すみません、ちょっと外で聞いちゃって…」

恐縮《きょうしゅく》して言ったとき、一瞬沈黙《いっしゅんちんもく》されてドキドキする。

「……嫌《いや》な話を聞かせてすまなかった」

静かに息を漏らすと、彼はまじめな表情で謝った。

「いえ、ぼくの知ってる慎一でよかったなって、安心できましたから」

明るく言ったぼくに、彼は不思議そうに首をかしげる。

「子どものことをまじめに考えちゃう人だから、ぼくはきっと好きになったんだと思う…」

もちろん、ぼくのことを一番大切に考えてくれるのは嬉しい。

でも、そんな重い問題を投げ捨てて『おまえの方が大事だ』と言われたら、彼は自分の子どもに責任や愛情はないんだろうか…と、逆に考え込んでしまったかもしれない。

「…今だから言えるんだけど、子どもより恋人を簡単に選ぶ人だったら、慎一のこと人間として信頼できなくなったかもしれない…。だから、さっき慎一の気持ちがわかって本当にホッとしました」

「ひかる…おれが待つことを選んだから、おまえはつらい目に遭《あ》ったんだぞ…」

自分を責めるように言った彼に、ぼくは笑顔で首を振《ふ》った。

「うん、でも楽な方を選択《せんたく》しないで、あえて大変な方を選ぶような不器用な人だから、ぼくは慎一のこと信じられるんですよ」

「へ～…こんなに言葉の足りない男を許すんだから、ひかるって寛容《かんよう》なのねえ」

「寛容じゃなくて、落ち着いた今だからマシなこと言えるんですよ～…」

じゅん先生に大げさに感心されて、顔が熱くなってしまった。

なにもかも終わった今だからこそ、やっと素直《すなお》に言えることもある。

子どもは青い目をしていたけど、ぼくは彼女の嘘《うそ》を責める気にはなれなかった。恋人を失った彼女の悲しみを、ぼくは四日の間、自分の身で味わったからだ。たくさん苦しいことはあったけど、空港で彼女を見送ったとき、幸せになってほしいと願わずにはいられなかった…。

「もしかして、ひかるの方が我慢してるんじゃない？　この件に関して文句があったら、いま慎一《コイツ》にぶちまけちゃいなさい」

「え～、ないですよ。だってもう、ぼくは慎一が帰ってきてくれただけで胸が一杯《いっぱい》で…、ありがとうっ！　って思ったから…」

途中《とちゅう》まで明るく喋っていたのに、ふいに夜の公園を叫《さけ》びながら走ってきた慎一を思い出して、うるっと目が潤《うる》んでしまった。あのとき…、きつく抱きしめてくれた腕の中で、ぼくは、もう彼がいればいい、それだけでじゅうぶんだと思えたのだ。

「でも慎一っ、これからはなんでも話してください」

「ひかる…」

しっかり顔を上げて言ったぼくに、彼は心配そうに眉《まゆ》をひそめた。

「約束してください…。どんな重い問題でも、これからはぼくが半分背負いますから」

「ありがとう、約束するよ」

ぼくの両手を掌で包むと、彼は幸せそうな笑顔で頷いてくれた。


あれから三人で少し話をしてしまい、料亭《りょうてい》を出たのは三時過ぎだった。

「ひかる、ちょっといらっしゃい」

ホテルの玄関《げんかん》で別れるとき、じゅん先生がぼくを手招く。

「ひかるがいないとき吐《は》かせたんだけど、慎一は本当に浮気《うわき》してないわよ」

「じ、じゅん先生、それもういいですよっ」

さっきぼくは、その辺《あたり》から襖の外で聞いていたのだ。

「まあ、すっきりするから聞きなさい。あたしは質問しながら慎一の表情を見てたんだけど、眉間《みけん》にぎゅってしわが寄らなかったから嘘じゃないわ」

ぼくだけに聞こえるように、顔を寄せてひそひそと囁《ささや》く。

「…慎一、そんな癖があるんですか？」

びっくりしながら、なんとなく小声で答えてしまう。

「そう、まじめなこと話してるとき限定だけどね～。コーヒーに氷を入れてるときは、内心ウキウキしてたりとかね、本人気づいてないから覚えておくと便利よ」

「そうだったんだ～」

自信満々で親指を立てたじゅん先生に、つい口を押さえて笑ってしまう。

「ちょっと待て、なんの話だっ!?」

「あ～ら、もちろん、あんたを信じてあげようって話よ」

焦《あせ》って身を乗り出した慎一に、彼女はふふんと意味深な笑顔を浮《う》かべる。

「じゃあひかる、帰ってきたら、あたしにちゃんと報告しなさいね」

「はいっ、電話します」

彼女と握手《あくしゅ》して、ぼくは元気よく返事をした。

「いい慎一っ、明日は大変だろうけど、きっちり誠意を見せてくるのよ」

「ああっ」

ガッツポーズを出したじゅん先生に、彼も笑顔で答える。

「よーしっ」

満足そうに頷《うなず》くと、彼女は両腕を拡《ひろ》げてぼくらをぎゅっと抱きしめた。

「ふたりとも、このあたしがついてるから、今夜は激しくやっちゃいなさい！」

豪快《ごうかい》に笑いながら、ぼくらの背中をひっぱたく。

思いきり気合いが入った張り手で、じゅん先生はぼくらを送り出してくれた。

◇◆◇

ぼくらが富士川《ふじかわ》のサービスエリアに車を停《と》めたとき、陽《ひ》が傾いて空は金色に染まり始めていた。

車を降りて振り返ると、雄大《ゆうだい》な富士の全景が見渡《みわた》せる。裾野《すその》に続くなだらかな稜線《りようせん》、真っ白な雪をかぶった清々《すがすが》しい姿に、思わず目を奪《うば》われてしまう。

「いいな～、やっぱりここから見る富士山って最高っ！」

大きく腕《うで》を伸《の》ばして、ぼくは冷たい空気を胸一杯《むねいっぱい》に吸い込んだ。

吐《は》く息は白くなり、大きく深呼吸すると、気分がすっきりする。

休憩《きゆうけい》している人々も、それぞれの場所で立ち止まって、この素晴らしい富士の景観を堪能《たんのう》していた。

「うわっ、寒い…っ」

山から吹《ふ》きつける強風に、かばうように自分の身体《からだ》を抱《だ》きしめる。コートを着てマフラーまでぐるぐる巻いて外に出たのに、風にさらされると凍《こご》えてしまう。

「ひかる、コーヒーでよかったか？」

「うん、ありがとう」

自販機《じはんき》から戻《もど》ってきた彼が、熱い缶《かん》コーヒーを二本くれた。

「そのコートじゃ今日は寒いだろ？　来いよ、あっためてやる」

――ほらっ、と彼は自分のブルゾンの前を開けてくれる。ぼくは嬉《うれ》しくなって、すぐに温かい懐《ふところ》にもぐり込んだ。

「う〜ん、慎一ってあったかい」

ブルゾンで包むようにくるんでもらって、はぁ…と安堵《あんど》の息が漏《も》れる。広い胸に顔を押し当てると、彼の匂《にお》いとぬくもりを感じて幸せな気分になった。

「おまえの方が体温高いから、おれもあったかいけどな」

胸に顔を擦《こす》りつけているぼくを見て、くすぐったそうに首をすくめる。

「いろいろあったけど、実家に行く前にじゅん先生と話せてよかったですよ。慎一もお姉さんにガツンとやられて、すっきりしたでしょう？」

「あ〜、最後は思いきり気合い入れてひっぱたきやがって、しばらく背中がじんじんしてたぜ」

見上げて聞いたぼくに、彼は苦笑《くしょう》して頭を掻《か》いた。

「あの張り手、かなり効きましたよね〜。激励《げきれい》も嬉しかったけど、激しくやるのは今夜じゃなくて明日だからなぁ」

彼女のセリフを思い出すと、まだ顔が笑ってしまう。

『激しくやって《がんばって》』は、じゅん先生が勝手に作った言葉だ。相手にプレッシャーを与《あた》えず奮起させる効果があるからと、ぼくにも強要する。

『今夜は激しくやってください、ご主人様♡』が、今のところ最上級の激励らしく、外で言えと命令されると頭を抱《かか》えてしまう。

「あれは、まんま『今夜がんばれ』って意味だろ。それよりおれは、あの激励を聞いたとき、『あたしが憑《つ》いてる』って意味かと思った」

「そ、それは…頼《たの》もしいような、困るような」

慎一の背中で、笑ってVサインを出す彼女を想像してしまう。

「セックスの最中に、やかましくチェック入れそうだろ?」

「もーっ、突飛《とっぴ》なこと言わないでくださいよ、コワイじゃないですか〜!」

なんとなく上下で顔を見合わせると、ふたりで肩《かた》を揺《ゆ》すって笑ってしまった。

「やっぱり頼《たよ》りになるいいお姉さんですよ、一緒《いっしょ》にいると元気になる」

「ああ、あいつは食うとパワーを放出するんだ。腹が減ると怒《おこ》って暴れる」

「弟に怪獣《かいじゅう》みたいに言われてるなぁ」

でも、慎一がいい表情で笑っていて、やっぱり姉弟《きょうだい》だなあと嬉しくなった。

料亭《りょうてい》で話をしたあと、慎一はやっと胸のつかえが取れたように安堵の吐息《といき》を漏らしていた。微《かす》かにぼくの胸にあったもやもやも、彼の吐息と一緒に流れて消えてしまった気がする。

なにより今、ぼくは彼と触《ふ》れ合っていられる。それだけで、幸せな気持ちになれるのだ。

「ねえ、慎一」

「うん？」

ぼくが口に手を当てて背伸《せの》びすると、彼は屈《かが》んで耳を傾《かたむ》ける。

「ぼく、前よりもっと慎一のこと大好きになりましたよ」

「ああ、おれも…」

まじめに言ったのに、彼はそっけなく答えながら軽く鼻の頭を掻いた。

ちょっと不機嫌《ふきげん》にも見えるこの仕草は、彼が本気で照れてしまったときのクセで、本人が気づいていないのが楽しい。

「はい、これ慎一のコーヒー」

おかげで手が温まったので、返すとき彼の缶コーヒーのタブを開けて差し出す。

「おい、なにしてるんだ？」

腕の中でもぞもぞと動いているぼくに、彼は不思議そうに尋《たず》ねる。

「外が見えないから…」

ぼくは身体を反転させて、彼のブルゾンの襟《えり》を摑《つか》んで無理やり顔を出した。

「おまえって、ホントにペットみたいだよなぁ〜」

背中で慎一がおかしそうに言った。ぼくのつむじの上に彼の顎《あご》があるので、二人羽織のような変な格好かもしれない。

「だって、せっかく来たんだから、富士山を見たいじゃないですか」

彼にぽんぽん頭を撫《な》でられて、ぶ〜っとふくれてしまう。

文句を言いながら顔を上げたとき、駐車場《ちゅうしゃじょう》を歩いている人々が、富士山ではなくこっちを見ているのに気がついた。

「え…っ⁉」

目を瞬《しばた》いて左右を見回すと、バスの脇《わき》にいる女性グループや、家族やカップルの女の人達とバチッと目が合う。

「どうした？」

ふと上を見上げたとき、彼がとびきり甘い笑顔《えがお》を浮《う》かべていて、カ〜ッと顔が熱くなった。

——こ…、これかぁ………。

自分が目立たないので、ついうっかり状況《じょうきょう》を忘れてしまうのだ。

恋人《こいびと》限定の『笑顔』は本当に嬉しいんだけど…、みんなに見られるのはちょっと悔《くや》しい…。

「あ〜ぁ、いーなー、彼氏が超《ちょう》カッコよくて〜…」

通りすがりの女の子が、慎一を振《ふ》り返ってあからさまにため息をついた。

「ばかっ、あっちの彼女だっておまえより、よっぽど可愛《かわい》かったぞ！」

「なによそれ〜っ」

向こうで口げんかを始めたカップルに、ぼくは目を瞬いた。

——か、彼女って………？

「おまえが一番かわいいぜ」

「そんなの、男として嬉《うれ》しくないですよ〜っ」

あんまりだと思って見上げたのに、満足そうに頷かれてよけいに恥《は》ずかしい。

「今はいいだろ？　こうしてても目立たないからな。それよりほら、富士を見たいんだろ？」

まわした両腕でぼくの身体をしっかり抱くと、彼はぼくの髪《かみ》に優《やさ》しく口づけた。

「空との色合いが絶妙《ぜつみょう》だよな」

「…ホントだ、すごく神秘的ですね…」

慎一に指をさされて、ぼくは大きく目を見開いた。

富士は、最後の陽《ひ》を浴びて不思議な色合いに染まっていくところだった。霊峰《れいほう》の名にふさわしい堂々たる風格、雪のベールをかぶった山の輪郭《りんかく》は、いま金色に縁取《ふちど》られている。

まばゆい黄金から、淡《あわ》く輝《かがや》くオレンジへと、沈《しず》みゆく夕陽を映して、巨大《きょだい》な富士の光彩《こうさい》は刻々と変化していく。

——まるで、山自体が輝いていているみたいだ………。

しばしの間、ぼくらは黙《だま》って寄り添《そ》ったまま、その神々《こうごう》しい姿を眺《なが》めていた。

パーキングにぽつぽつ照明が灯《とも》り始めたとき、ぼくらは顔を見合わせた。

「今日は運がよかったですよ。金色に輝く富士って、なかなか見られないんだから」

「いや、これからも見られるだろ、何度もおまえの実家に行くんだからな」

見上げたぼくに微笑《ほほえ》むと、慎一はなんの気負いもなく答えた。

「うん…」

笑顔で答えながら、胸に熱いものがこみ上げてくる。

一緒に両親を説得しようと言ったのに…、明日ぼくは、両親に完全に拒絶《きょぜつ》されたら、もう帰れないこともあるんだと覚悟《かくご》していた。

慎一の覚悟は違《ちが》う。最初から他人の両親に向き合う彼は、『拒絶』から説得が始まるのだ。明日はスタートで、信じてもらえるまで何度も足を運ぶつもりでいてくれる。

「行くぞ」

「うんっ」

ぼくの肩を抱《だ》いてそう言った彼に、元気に答えた。

自分から腕《うで》を絡《から》めると、慎一が嬉《うれ》しそうに目を細めてくれる。

寒々とした青紫《あおむらさき》の空は、やがて濃《こ》い夜の色に沈んでいくだろう。

でも、どんなに暗く寒い夜が来ても、ふたりでいればきっと暖かい。

青ざめていく空の下で、高速道路にも灯《あか》りがともり始める。

オレンジ色の照明が道路を照らす。暗い夜の中、ぼくらの前に、どこまでも明るい道が伸《の》びているように見えた。

◇◆◇

「月が大きいなぁ」

露天風呂《ろてんぶろ》から見える暗い空には、幻灯《げんとう》のような月が浮かんでいる。高速道路から見ていた月より、ここの方が遥《はる》かに大きく見えるので不思議だ。

「でも、さすがじゅん先生ですね。お正月に、いきなりこんな部屋を取れるんだからすごい」

「ああ、あいつのネットワークは謎《なぞ》だ」

午後七時に旅館に着いたとき、ぼくらが案内されたのは、庭に専用の露天風呂があるこの離《はな》れの部屋だった。

「こんなふうに月を眺めておふろに入れるなんて、贅沢《ぜいたく》ですよね」

部屋にも立派な檜《ひのき》のおふろが付いていたけど、夕食のあと、一度は露天風呂に入りたくて慎一を引っぱってきた。日が落ちてから冷え込みが一段と厳しくなって、夜風に吹《ふ》かれると寒くて身が縮む。

「お湯は熱めだけど、これならのぼせなくていいかも」

「あのな〜、前に露天風呂で湯あたりしたのは誰《だれ》だよ？」

湯気の立つお湯をすくっていたぼくは、彼に鼻の頭をつんと押された。

「そういえば、そんなこともあったっけ…」

慎一と恋人未満のときだ。一緒《いっしょ》に伊豆《いず》の温泉に旅行に行ったとき、露天風呂でキスとか…いろいろマズイことをいっぱいされて動揺《どうよう》しまくった。

「懐《なつ》かしいだろ？」

「恥ずかしいですよ…」

嬉しそうに言われて頬《ほお》が熱くなる。風邪《かぜ》ぎみだったのもあって、ぶっ倒《たお》れたあげく熱を出し、そのまま宿で三日間も寝込《ねこ》んでしまった。ぼくのせいで楽しい旅行が台無しになったのに、慎一は嫌《いや》な顔もせず看病をしてくれた。

「今日は元気です、絶対にのぼせませんっ」

「ほ〜っ、そりゃ頼《たの》もしいな」

お湯から両手を出して拳《こぶし》を握《にぎ》ると、慎一が肩《かた》をすくめて苦笑《くしょう》する。

「じゃ、湯あたりしない程度に軽〜いキスを」

彼はそう言いながら、ぼくの身体《からだ》を抱き上げて自分の膝《ひざ》に座らせた。間近で艶《つや》っぽい瞳《ひとみ》に見つめられると、お湯のせいでなく頭がぽ〜っとしてくる。

「うん、いっぱいキスしたい」

「なんだよ、やけに甘えるじゃねーか？」

首に抱きついてキスするぼくに、彼はおかしそうに目を細めた。

「だって…誰もいないから、安心して慎一にくっつけるんですよ」

目が合うと艶っぽく目くばせされて、じわっと頬が熱くなった。

「…ん…っ」

唇《くちびる》の隙間《すきま》をやんわり舐《な》められただけで、舌先がじんわりと痺《しび》れてくる。

――…慎一………。

恥ずかしくて目を閉じると、重なってきた唇が濡《ぬ》れた音をたてる。ゆっくりと舌を味わうようなキスに応《こた》えながら、恋人《こいびと》の甘い舌にとろけそうになった…。

お湯の中で触《ふ》れる素肌《すはだ》はなめらかで、うっとりするほど心地好《ここちよ》い。口づけながら愛撫《あいぶ》するように背中を撫《な》でる指先に、首筋が微《かす》かに粟立《あわだ》ってくる。

「…はぁ」

慎一が顔を離したとき、ぼくは目を閉じたまま彼の唇を追いかけていた。

「ちょっと待てっ、艶っぽくてそそるけど、あとは部屋に戻《もど》ってからだ。キスくらいでまた湯あたりされたら手が出せないからな」

「す、すみません…」

なだめるように頬にキスされて顔が熱くなる。

「いいから、このままくっついてろ」

身体を離したぼくを引き戻して、彼は自分の胸にもたれさせてくれた。

お湯は熱いけど、冷たい夜風に吹かれると、火照《ほて》った頰がひんやりして気持ちがいい。

「あのね慎一」

「うん？」

しばらく月を眺めたあと、ぼくは彼の肩に頭をあずけたまま呟《つぶや》いた。

「今度のことで気がついたんだけど、ぼく独占欲《どくせんよく》がすごく強いみたいです」

そう言ったぼくを、彼はまじめな面持《おもも》ちで見つめている。でも大事な明日を控《ひか》えて、これだけは正直に告白したいと思う。

「慎一が思ってる以上に、すごく嫉妬《しっと》深《ぶか》くてヤキモチ焼きで…。自分の裡《なか》にこんな激しい感情があるなんて、今まで知らなかった…。失《な》くしそうになって初めて、ぼくは慎一がいないとダメなんだって思い知った気がします」

もちろんずっと彼を愛していたし一番大切だったけど、それは慎一の揺《ゆ》るぎない愛情に浸《ひた》って安心していられたからだ。

「覚悟してくださいね…ぼくの愛情って、慎一への執着《しゅうちゃく》や独占欲がぎっしり詰《つ》まってて、ものすごく重いんですよ」

「本望《ほんもう》だ、おれも負けない自信がある」

精一杯《せいいっぱい》の脅《おど》し口調で言ったのに、彼は微笑《ほほえ》みながらまじめに答えてくれた。

「おまえも覚悟しろよ、もう一生おれから逃《に》げられないんだぜ」

「はい…」

ぼくの顎《あご》を持ち上げて低く囁《ささや》いた彼に、肌が粟立つほど痺れてしまった。

「キスしたいけど…だめ？」

「あのなぁ、そんな表情《かお》したらキスだけじゃ我慢《がまん》できなくなるだろ？」

ぼくのお願いに目を細めて、彼は指の背でぼくの頬を撫でる。肌をなぞる感触《かんしょく》が心地好くて、ぼくはうっとりと顎を持ち上げた。

下腹に当たっている彼の欲望が硬《かた》く張りつめて、お湯より熱く身体の芯《しん》が火照ってくる。

「うん、すぐに慎一が欲しい…」

熱に浮《う》かされたように呟いたとき、じっと見つめていた彼が一回ぶるっと頭を振《ふ》った。

「おまえ色っぽすぎる…、おれが湯あたりしそうだ」

濡れた前髪《まえがみ》をかき上げて、ふうっと息を漏《も》らす。

「部屋に戻るぞ」

耳元で囁かれて、ぼくは彼の腕《うで》の中で小さく頷《うなず》いた。

◇

広い窓からさし込む月の光に、部屋は青白く浮き上がっていた。

冷たいシーツに投げ出したぼくの腕も、血が通っていないように仄白《ほのじろ》く見える。

そんな冷たい光に照らされているのに、肌が火照って熱い……。さっき凍《こご》えるような外気に素肌をさらしたのに、身体の裡にこもった熱は少しも下がらなかった。

指を絡《から》めて口づける彼に、息が弾《はず》んで浴衣《ゆかた》が汗《あせ》ばんでくる。

「…っと…もっとキスしたい…」

慎一の重みを抱《だ》きしめながら、ぼくは夢中で唇をねだっていた。静かな部屋に唇を吸う濡れた音が響《ひび》いて、首筋がぞくぞくと粟立つ。

浴衣のはだけた部分が擦《こす》れ合うと、温かい肌のなめらかさにとろけそうになった。

「…は…ぁっ」

跡《あと》を残すように首筋をきつく吸われたのに、意識が甘く痺れてしまう。

「慎一…大好き」

「おれも、愛してるぜ」

ぼくが頬を擦りつけると、彼が嬉《うれ》しそうに笑う。

いつもより優《やさ》しい彼に、ぼくは安心してたっぷり甘えてしまった。

「ぼくも慎一に…する。させて…」

「それもそそるんだけどなぁ、今夜はおれの好きにさせろ」

赤面しながら言ったのに、なだめるようにキスされた。

「おまえいま、目が潤《うる》んでて艶《つや》っぽいんだよ」

彼は、ぼくの目を指さしてゆっくりと言った。

「じつは、かなり煽《あお》られてる…」

軽い口調でそう言って、慎一が目を細める。

彼の瞳《ひとみ》に欲情が滲《にじ》んでいて、ぼくの首筋がふわっと粟立った。求められるのが嬉しくて、身体《からだ》の奥が熱くなる。

「慎…ッ」

浴衣の胸を開かれて乳首《ちくび》を吸われると、身体がびくんと痙攣《けいれん》した。指の腹で回すように乳首をこねられて、唇から「っ…ん…」と恥《は》ずかしい声が漏れてしまった。

「乳首だけでこんなに感じるんだ、ふろだったら湯あたりしてるよな」

敏感《びんかん》になった突起《とっき》を舌先でつつかれて、ぼくは彼の下で喘《あえ》ぎながら首を振った。

「は…っ」

浴衣の裾《すそ》にすべり込んできた手が、腿《もも》の内側をやんわりと撫で上げる。昂《たかぶ》ってしまった脚《あし》のつけ根をまさぐられると、彼の指先から快感の痺れが拡《ひろ》がっていく。

それだけで達しそうになるのに、彼はぼくの欲望には触れずに周りを愛撫し続ける。指先がかすめるだけで、涙《なみだ》が滲むくらい切なくなってくる。

「っ…慎一…」

「…ここを、触《さわ》ってほしいんだろ？」

彼はそう言いながら、ぼくの昴りに指を絡めた。

「いやらしい身体だな…もうこんなに溢《あふ》れてるぜ」

ぼくの濡れた先端《せんたん》を指の腹で撫でながら、わざといじわるな声で囁く。

彼の指を濡らしている〝自分〟が恥ずかしいのに…その指に欲望を擦られると、もっと刺激《しげき》が欲しくて腰《こし》が勝手に動いてしまう。

「ぁ…も…ぅ…」

少しずつ速くなっていく指に乱れていくぼくを、彼は目を細めてじっと見つめていた。ぼくの昴りを責めながら、彼はもう片方の手で乳首をつまんで指の腹でにじるように刺激する。

「…ぁ…ぁあっ…ッ…」

切なく喘ぎながら、大きく身体がのけ反ってしまう。

「達《い》けよ…」

耳元で囁く低音に頭の芯がじいんと痺れる。

奪《うば》うように口づけられたとき、一気に高みに駆《か》け上がって、ぼくは彼の掌《て》の中で絶頂に達していた。

「達《い》ったときのおまえの表情《かお》、最高だぜ…」

重ねた胸から彼の声が響いて、ぼくは朦朧《もうろう》としながら目を開いた。

「おれも、おまえで達《い》きたい。いいだろう…？」

「…はい」

唇《くちびる》を触れながら囁く声の甘さに、酔《よ》ったように答えていた。

ぼくの浴衣にもぐり込んできた手に、肌《はだ》が上気して腿の内側が汗ばんでくる。

オイルで濡《ぬ》れた長い指に隠《かく》れた窪《くぼ》みを犯《おか》されて、目が潤んで涙が滲んだ。

——身体が…おかしくなる…。

ぬるぬると何度も奥まで突《つ》き入れられ、指を増やして抜《ぬ》き差しを繰《く》り返されると、我慢できなくて腰が勝手に動いてしまう。

「ぁ…ん…あッ…」

三本の指を挿入《そうにゅう》して肉の裡をかき回されると、身体の芯が疼《うず》いて切なくなる…。速くなる指が苦しいのに…それ以上の快感が腰の奥からわき上がってきた。

「は……っ…慎一…」

首筋から胸をゆっくり舐《な》める舌の感触に、ぶるるっと身震《みぶる》いがくる。

もう何をされても身体が敏感に反応して、さっき達《い》かされたばかりなのに浴衣の奥から自分の昂りが持ち上がってしまった。彼の前で自分の欲望が脈打っていて、顔が熱くなるほど恥ずかしい。けど…、

「もぅ……しん…ち…が欲し…」

ぼくは彼の浴衣の背中を摑《つか》んで、自分から腰を押しつけていた。

硬く張りつめた彼の欲望も、ぼくの腿に当たって熱く脈打っている。

「すげえ可愛《かわい》いぜ、ひかる」

ぼくの窪みを指で責めながら、彼はうっとりとした表情で囁いた。

「不思議だよ…おまえの身体はこんなに熱いのに、肌が青白く光ってる」

彼は指を止めると、ぼくの浴衣を大きくはだけた。空気に晒《さら》された素肌《すはだ》に、ふわっと鳥肌が立った。

「お願い…焦《じ》らさないで…」

ぼくは喘ぎながら哀願《あいがん》した。もう身体は狂《くる》おしいくらい切ない…。

「こんなに冷たい色に染まっても、おまえの感じている表情がなまめかしくて、きれいだ……。描《か》きたくなる」

「いやだ…絵のことなんて考えないで…」

絵描きの目をする彼に、ぼくは大きく首を振《ふ》った。

いまは、ぼくのことだけ考えてほしい。

「絵のことじゃない…月の下で乱れていくおまえを見たいんだよ」

彼の声が低く掠《かす》れ、月明かりを映した瞳が獣《けもの》のように光る。

「おまえに欲情する」

その言葉が、まじめな愛の告白に聞こえて、嬉しくて意識がとろけそうになった。


ふたりで重ねた肌が、火傷《やけど》しそうに熱い…。

彼が腰を動かすたび、ぼくは重い身体の下で身悶《みもだ》えていた。

「ぁ…あ…は…ぁ…ッ！」

激しい挿入に揺《ゆ》さぶられながら、掴んだシーツと一緒《いっしょ》に、ぼくの身体がせり上がっていく。

「ひかる、目を開けていろ」

荒《あら》い息づかいを抑《おさ》えて言うと、彼はぼくの膝《ひざ》を肩《かた》に担《かつ》いでのし掛《か》かる。薄《うす》く目を開いたとき、
視界の中で小さくなった月が上下に揺れていた。

「…あ…ッ」

大きく腰を引いて一気に最奥《さいおう》まで突き入れられ、ぼくは苦しくて息を吐《は》き出した。なのに彼に責められるたび、意識も身体《からだ》も甘く痺《しび》れてしまう。

彼の欲望に肉の裡《なか》を擦《こす》られると、熱くてどろどろに溶《と》けそうになる……。

「…慎一…ぼく…身体がおかしい…よ」

息を弾《はず》ませながら、ぼくは涙声で言った。

慎一とつながった部分から快感が全身に拡がっていく。脈打つ肉塊《にっかい》に奥まで貫《つらぬ》かれると、きつくて苦しいのに、もっと…乱暴に犯されたくなる。

「ああ…、おれに絡《から》みついて締《し》めつけてる…」

「ぁ…く…ッ」

低い声で囁《ささや》きながら左右に腰を突き入れる。彼の硬《かた》い先端に肉壁《にくへき》を擦られ、感じる部分を責め立てられると、シーツを摑んでいた指から力が抜けていく。

「…おまえ表情《かお》…、マゾっぽくてかなりエロい」

ゆっくりと腰を動かしながら、彼は喘いでいるぼくの唇に指をさし込んだ。

指の腹で舌を撫《な》でられると、アメを舐めたときのように唾液《だえき》が溢れてくる。無意識に顎《あご》を持ち上げて舌を絡ませたぼくに、彼はごくりと唾《つば》を呑《の》み込んだ。

「ヤバイな……、月に照らされてるおまえを見てると、飢《う》えた気分になってくる」

「…ん、もっと…乱暴にして…」

苦しそうに息を漏《も》らした彼に、ぼくは熱に浮《う》かされたように呟《つぶや》いていた。

恥《は》ずかしいことを口にして、こんなに欲しがる自分も、月に煽《あお》られているのかもしれない…。

身体をつなげたまま、彼はぼくをうつ伏《ぶ》せにして腰《こし》を摑んで持ち上げた。

「…はっ…ぁあ…」

獣のようにのし掛かった彼に、激しく腰を打ちつけられて、立てた膝ががくがくと震える。

「…慎一…、しん…ち…」

猛《たけ》った欲望に貫かれるたび、ぼくはシーツをきつく握《にぎ》って彼を呼んでいた。

乱暴に突き入れる彼にぞくぞくと感じながら、身体が翻弄《ほんろう》されて意識が飛びそうになる。

「っ…ぁあ…あ…んッ！」

一度引き抜いた欲望で一気に最奥まで貫かれたとき、電流のような快感が脳天まで突き抜けていった。

「ひかる、愛してる…」

高みに達した瞬間《しゅんかん》、肌が粟立《あわだ》つような低い声が囁き、つま先まで甘い毒に冒《おか》されたように痺れてしまった…。

◇◆◇

ぼくがふとんで目を開いたとき、まだ窓辺に月光がさし込んでいた。

目を擦って顔を上げると、高く上がってしまった月は、大きな窓からは見えなかった。

腕枕《うでまくら》されていて振り返ると、慎一の浴衣《ゆかた》の胸があって、ぼくは嬉しくて顔を擦りつけた。

「身体はつらくないか？」

「うん…」

笑いながら髪《かみ》を撫でられて、ぼくは頬《ほお》を染めて頷《うなず》いた。

久しぶりに激しくて、ちょっとズキズキ痛むけど、彼をいっぱい感じて満たされた気分だ。

「熱はないだろうな？」

「大丈夫《だいじょうぶ》ですよっ」

心配そうにぼくの額に手を当てる慎一に、ぼくは笑ってしまった。

「セックスのときはいじわるするけど、慎一って優《やさ》しいよね～」

「おれはいつでも優しいぞ。今夜は、けっこうおまえに煽られたけどな。でも、おまえ真性マゾだから、少しはいじめられた方が感じるだろう？」

にっこり笑う彼は、いじめるときは、ぜんぜん少しじゃないと思う……。

「ぼく最初からマゾじゃないですよ〜っ！　だいたい…こんな身体《カラダ》になったの…慎一のせいなんだから…」

「ああ、おれがいじめたいから、そういう身体にしてやったんだ」

小声で文句を言ったぼくに、彼は自信満々で笑って答える。

「おまえって、セックスのあと、ちょっと幼い感じになるよな」

「そうなんですか？」

彼に言われて首をかしげてしまう。

「ただでさえ童顔で、子どもっぽいって言われるのになぁ……」

「いや、顔じゃなく言葉とかしぐさだよ。おまえってふだん、けっこうおれに気を遣《つか》ってるだろ？　でも肌《はだ》を合わせたあとは、『おれ』がすべてになってるから、無邪気《むじゃき》に甘える。敬語も少なくなるし、くっつきたがるから、やたら可愛《かわい》いんだぜ」

「え〜、気づかなかったなー」

楽しそうに微笑《ほほえ》まれて、ぼくは目を瞬《しばた》いた。

言われて考えてみると、抱《だ》かれる前はキスも恥ずかしいのに、終わったあとは自分から慎一にくっついて、べたべたしていた気がする……。

「いつも見てるけど、おまえって発見が多くておもしろいよなー」

「慎一だって、見てるとおもしろいですよ」

まじめに感心されて、ぼくもにこにこしながら言い返した。

「ねえ、慎一…ふたりで決めたことだから、明日はひとりで何もかも背負わないでくださいね」

「ああ」

明るく念押ししたぼくに、彼は目を細めて頷いた。

慎一は、ぼくのことを真剣《しんけん》に考えてくれている。

真剣だからこそ、彼は明日、本当のことを知った両親の怒《いか》りや悲しみを、すべて自分ひとりでかぶる覚悟《かくご》をしていると思う。

「ぼくも男だから、ちゃんと両親を説得します」

「いや頼《たの》もしいけど、おまえが『男』だから問題なんだよなー」

「…も～、慎一だって同じじゃないですか～っ！」

軽く吹《ふ》き出されて、ぶ～っとふくれて答える。

「とにかく、ぼくがまず先に父に話をします。大丈夫、絶対に慎一だけを矢面《やおもて》には立たせませんからっ」

「なあ、ひかる」

掌《てのひら》を向けてやんわり遮《さえ》ぎると、彼はふとんから起き上がってぼくの頭をくしゃっと撫でた。

「おまえの気持ちも、よくわかるし嬉《うれ》しいよ。でも、おれに話をさせてくれ」

優しく目を細めると、彼は静かに言った。

「おれにとって、明日は人生最大の正念場なんだ。おまえに対する気持ちが真剣だってこと、ご両親に自分の口から話したい」

真摯《しんし》な瞳《ひとみ》で見つめられて、ぼくはあわてて身体を起こして正座した。

彼は一度目を閉じると大きく深呼吸して、まるで宣誓《せんせい》するように自分の胸に手を置いた。

「おれは明日、おまえを貰《もら》いに行く。これはな、おれの一生に一度の決意と覚悟でもある。ひかる、おまえにも見ていてほしいんだ」

「慎一…」

まっすぐぼくを見つめて真剣な表情で言ってくれた彼に、潤《うる》みそうな目をしっかり開いて頷いた。

「そこまで思ってもらえて、嬉しい…です」

目をごしごし擦《こす》って、ぼくは彼に笑顔《えがお》で言った。

リスクを背負わなければ、もっとずっと楽に生きられるのに…。

ぼくの両親の許しも含《ふく》めて、彼はぼくらふたりの行く先にあるすべてのことに、責任を持とうとしてくれる。誠実で、不器用で…とても愛《いと》しい……。

部屋はじゅうぶん暖かいけど、今夜の冷え込みは厳しい。ぴったりと閉じられた窓の向こうは氷点下で、大きな窓ガラスからひんやりとした空気の流れを感じた。

外は寒々とした夜の景色なのに、少しも寂《さび》しさを感じない。ぼくの肩《かた》を抱いている彼の腕がとても温かいからだ。

そしてなによりも、ぼくを愛してくれる、慎一のたしかな愛情が温かい。

くっついて顔を見つめていると、引き合うように唇《くちびる》がつんと触《ふ》れる。互《たが》いにちょっと照れながらキスを交《か》わして、こんなふうに一緒《いっしょ》にいられる幸せに、うっとりと浸《ひた》っていた。

「ぼくは慎一に出会えて幸せです」

彼の肩にもたれて呟くと、慎一がぼくの頭をそっと抱いてくれる。

「おれも最高に幸運な男だよ、東京を発《た》つときじゅんにも言われた」

じゅん先生の話が出て、さっき気になっていたことを思い出す。

「…あのときの会話って、ぼくぜんぜんわからないんですけど…」

『慎一、奥さんの想像力《ひかる》に感謝しなさいね』

料亭《りょうてい》を出る前に、彼女は慎一にそう言っていた。

『想像力ってどういう意味ですか？』

『慎一は最高に幸運ってことよ』

意味がわからずに聞いたのに、じゅん先生は笑って答えてくれなかった。

この姉弟《きょうだい》は、ときどき会話もしていないのに互いに納得《なっとく》しあったりするのだ。

彼女にぽんぽん頭を撫《な》でられ、慎一に肩を抱かれながら、けっきょくわからなくて何度も首をかしげていた。


「想像力って、小説のこと？」

「おまえは、思いやりがあるってことだ」

「え〜、それじゃわからないですよ」

想像力があると、思いやりがあるんだろうか……？

悩《なや》んでいるぼくに、彼はまぶしそうに目を細めた。

「あのときな…、ひかるは本当につらい目に遭《あ》っていたと思う。苦しい思いをさせられたぶん、おれに怒りをぶつけてなじったってよかったんだ。おれだって…、そうされて当然だと思っていた。でも、おまえはそうしなかった。そんなときでさえ、おまえはおれの気持ちや状況《じょうきょう》を一生懸命《いっしょうけんめい》考えてくれている…。おまえは凄《すご》い、感動したよ」

「だって、慎一は大事な恋人《こいびと》だから考えますよ」

「恋人でなくても、おまえはつねに一歩引いて他人の気持ちを想像してるだろ？　相手の気持ちを思いやるのが想像力だ。素直《すなお》にそれができるおまえは、両親に愛されて育ってきたんだと思う」

「そうなのかな…？」

実感はないけど、両親を褒《ほ》めてもらえて嬉しい。

「ああ、人を思いやるのは、本当はとても難しい…。一番たやすくできるのは、自分のことだけ考えて相手を責めることなんだ」

彼は少し寂しそうに言った。それは離婚《りこん》した自分の両親のことかもしれない。

「『思いやりは想像力』って、いい言葉ですね」

たしかに、自分のことだけ考えて相手の気持ちがどうでもよかったら、人を思いやることも優《やさ》しくすることもできない。でもそれは、とてももったいないことだと思う。

相手の笑顔や喜ぶ顔が見られる方が、絶対に自分も幸せな気持ちになれるからだ。

「ぼくはいつも慎一のこと考えてるから、ばっちり想像力ありますよ」

笑顔で身を乗り出したぼくに、彼は軽く吹き出した。

「慎一も想像力が豊かですよ。ぼくを、いっぱい思いやってくれる」

「当然だ、大事な奥さんだからな」

胸に抱き寄せながら、彼は堂々と言った。

「ぼくの両親のことも、ちゃんと考えてくれてますよ」

「…まあ…そりゃあ大事だよ。こんなに可愛《かわい》い奥さんを、生んで育ててくれた人達だからな」

唾《つば》を呑《の》み込んでぼやくように呟《つぶや》くと、さり気なく鼻の頭を掻《か》いている。

――かわいいなぁ…慎一……。

いま彼の顔は月光に照らされていて、頰《ほお》が赤くなったかどうかは、わからなかった。

◇◆◇

一月四日の今日は、気持ちのいい晴天だった。ぼくの実家に近づくにつれて山や田園が多くなり、薄《うす》い雲が浮《う》かぶ青空にはトンビがのんびり旋回《せんかい》していた。

「これは風見さん、お久しぶりです」

昼過ぎにぼくらが実家に着いたとき、両親が玄関《げんかん》で出迎《でむか》えてくれた。

父はいつものお気に入りの紺《こん》のポロシャツに黒のベストだ。

「いやあ先生、息子《むすこ》がいつもお世話になっています。東京では素晴らしい絵を見せていただいて感激しましたよ」

マスコミでも話題になった個展に招待されて、父の中で慎一はすっかり大先生になってしまった。有名人が自宅に来たことに興奮して舞《ま》い上がっている。

「いえ、今日は突然《とつぜん》、お邪魔《じゃま》してしまって…」

「あらまあ風見さん、堅苦《かたくる》しいあいさつはなしで、遠慮《えんりょ》なくあがってくださいな〜」

母はばっちりメイクしていて、結婚式に出るような柔《やわ》らかい生地《きじ》のベージュのワンピースに茶色のカーディガンだ。アクセサリーも控《ひか》えめに付けている。

――母さん、気合い入ってるなぁ……。

でも母はぼくと同じく地毛が茶色で童顔なので、化粧《けしょう》しない方が若く見えると思う。

ふたりとも今は慎一のスーツ姿を絶賛していて、なぜスーツなのか？　とは微塵《みじん》も考えていないようだ。

「じつは、お父さんとお母さんに大事なお話があるんです」

「まあ何かしら、なんでも伺《うかが》いますよ」

「まずは先生、一杯《いっぱい》飲みましょうっ。晩から宴会《えんかい》だから軽くやっときましょう」

まじめに言いかけた彼を遮《さえぎ》って、父と母は慎一の背中を押して連れて行ってしまった。

「宴会か、まずいなぁ…」

ついぽかんと見送ってしまったけど、最初からこんなに歓迎《かんげい》されたらよけい言い出しにくい。

「ひかる、おかえり」

ため息をついて玄関を上がったとき、二階から弟の健也が下りてきた。ジーンズに黒のジップアップトレーナーというラフな格好だった。

「今日、あの話をするんだろ？」

「うん」

客間に顔を振《ふ》った健也に、ぼくはまじめに頷《うなず》いた。いま大学一年の弟は、ぼくと慎一の関係を知っている。

「覚悟《かくご》はできてるんだろうな？　俺は協力してやんねーぞ」

「うん、黙《だま》って見てていいよ…覚悟してきたから」

ぼくが笑って答えると、健也はちょっと唇《くちびる》を結んでぼくの肩に手を置いた。

「あのなあ、俺はいつでも兄貴の味方なんだぜ。あの男との関係は…全面的に応援《おうえん》するわけじゃないけどさ…」

「健、ありがとう」

不満そうに唇をとがらせた健也に、ぼくは素直にお礼を言った。

以前、慎一を殴《なぐ》りつけて罵《ののし》った弟は、少しずつでも慎一と話をしてくれるようになった。何があっても『家族』を捨てて行くなと言ってくれたのも健也だ。

「朋美《ともみ》は？」

いつもまっ先に飛んでくる妹の姿が見えない。高校二年生の朋美は、有名人でカッコイイ『お兄さん《しんいち》』が、ぼくの友達でラッキーだと思っているのだ。

「ああ、スキー合宿だよ。助かっただろ？」

「そうかも…」

ぼくはホッとして胸を撫で下ろした。

もちろん朋美にもちゃんと言うつもりだが、妹の場合『風見さんがホントのお兄さんになるなんて超《ちょう》ラッキー♡』と喜ばれるだけの気がする。同席していたら、『いいじゃんお父さん、男同士って流行《はや》ってるんだよ〜』とか言って、父の逆鱗《げきりん》に触《ふ》れそうだ。

「朋はうかれて自慢《じまん》しそうだから、絶対誰《だれ》にも話すなって念押ししておくよ」

「うん、頼《たの》むよ健也」

無邪気《むじゃき》に応援してくれそうな妹だが、近所や親戚《しんせき》にばれたら父と母がいたたまれないだろう。長男であるぼくが男のパートナーを選んだなんて、誰にも言えることじゃない。ぼくらがリスクを背負うだけじゃなく、自分の家族にも多大なリスクを背負わせることになる…。

これは、それだけデリケートで重い問題なんだ。

無意識に胸を押さえて深呼吸したぼくは、健也にどんと背中を叩《たた》かれた。

「俺は味方だって言ってんだろ、しっかりしろよ。話す覚悟がないんなら、友達だって顔して宴会に参加して泊《と》まっていけばいいんだよっ。どうせ帰ってくるのは年に一、二回なんだ、そのときだけごまかせばいいんだよ！」

「健…」

ぼくの肩《かた》を摑《つか》むと、健也が怒《おこ》ったような顔で言った。

一生騙《だま》し続けることもできるかもしれない。ぼくらが嘘《うそ》をつき通せば、少なくとも両親の心の平安は保たれるからだ。

『忙《いそが》しくてお互《たが》い恋人《こいびと》ができないんだよね』

帰省のたびに笑顔《えがお》で言えばいい。

『結婚《けっこん》したいんだけど、いい人に出会えなくて』

何を聞かれても、一生、ごまかしの言葉を言い続ければいい。

そう思っただけで胸が痛むのは、幼い頃《ころ》に父が言った言葉を思い出すからだ。

『ひかる、ウソだけはつくんじゃないぞ』

ぼくが幼稚園《ようちえん》くらいのとき、手をつないで散歩をしていた父がそんなことを言った。

『お父さんはけっこう頑固《がんこ》だけどなぁ、ウソだけはつかなかったぞ。ウソをつくと、大事なモノを失うからなぁ』

ひとり言のように言った父に、ぼくはどう返事をしたかも覚えていない。ただ、若かった父が遠くを見つめて笑っていたのが、なぜか印象に残っている。

「父さんと母さんに話してくるよ」

心配する健也に、ぼくは笑顔でそう言った。

「健也、これ父さんの大好物。ぼくらが帰って…落ち着いたときに渡《わた》して」

「兄貴…」

おみやげの紙袋《かみぶくろ》を健也に渡《わた》して、ぼくは客間に向かった。

ここに来るまで、いろいろな選択《せんたく》を考えた。たしかに一生騙すことも、ひとつの優《やさ》しさだと

思う。でも……、

——父さん母さんごめん、本当のことを言います。

こんなぼくは、父よりも頑固者なのかもしれないと思う。


客間に入っていくと、慎一は料理のテーブルにつかずに父の前に正座していた。

「お兄ちゃん、風見さんが大事な話があるって…。せっかく用意したんだから、ごはんを食べながらじゃだめなの？」

心配そうな母の顔を見て、ぼくは胸がちくちく痛んだ。母がぼくをお兄ちゃんと呼ぶのは、長男として頼《たよ》ってくれているからだ。

「母さん一緒《いっしょ》に聞いて、ホントに大事な話なんだよ」

おろおろしている母をなだめて、父の隣《となり》に座ってもらった。

ぼくが慎一の横に座ったとき、健也が入ってきてどさりと壁際《かべぎわ》に腰《こし》を下ろす。両親とぼくらをちらっと眺《なが》めて、かなり居心地《いごこち》が悪そうに腕《うで》を組んだ。

「なんだ、健也までそんな所に座って？」

誰もテーブルにつかないので、父が怪訝《けげん》そうな顔をする。

「ひかる」

「はい」

確認《かくにん》するようにぼくを見た慎一に、しっかりと頷く。

彼の着ている黒のスーツは覚悟の表れだ。旅館を出るときにびしっとネクタイを締《し》めて、彼は自分に気合いを入れていた。

背筋を伸《の》ばして正座する慎一は、精悍《せいかん》でとても男らしく見える。

「今日は、ご両親に聞いていただきたいことがあります」

彼が畳《たたみ》の上で座を正し、ぼくも緊張《きんちょう》して膝《ひざ》で拳《こぶし》を握《にぎ》りしめた。

「私《わたくし》は、ひかるくんをパートナーとして、一生を共にしたいと思っています。ご両親にお許しをいただきたく、本日は無礼を承知で伺《うかが》いました」

「はあ？」

しっかりと言葉を告げて深く頭を下げた慎一に、父がぼんやりした表情で首をひねった。

「あらまあ風見さん、それじゃプロポーズみたいですよ～」

「いやいやまったく、娘《むすめ》ならありがたいことですが、何しろうちのは男なもので」

慎一の言葉の意図がわからずに、両親が顔を見合わせてのんきに笑う。

「はい、男として…私は、ひかるを真剣《しんけん》に愛しています」

「ちょっ…風見さん、やめてくださいっ」

男らしく堂々と言い切った慎一に、父が青ざめて顔をこわばらせる。

「いやもう…酒も入ってないのに、そういう冗談《じょうだん》は勘弁《かんべん》してくださいっ」

「やだわあ風見さん、うちの人は堅物《かたぶつ》だから、都会の人が言う冗談って通じないんですよ」

「お母さん…すみません本気です」

彼の低い謝罪の声に、笑って取りなそうとしていた母が目を瞬《しばたた》く。

「ご両親に約束します、一生ひかるを大切にします。どうかこの私に…大事な息子《むすこ》さんをください！」

身を乗り出して真剣な口調で訴《うった》えた彼は、男らしい所作《しょさ》で畳に手をつくと、両親に深々と頭を下げた。なんとか笑顔を作ろうとしていた父が、ますます青くなる。

「先生…、あんたなぁ…男同士だぞ」

「はい…」

温厚《おんこう》な父の声が低くなり、顔を上げた慎一も目を逸《そ》らさない。

緊張に部屋の空気がぴんと張りつめて、産毛《うぶげ》が逆立って肌《はだ》が痛いくらいにぴりぴりしてくる。

「もちろん、一度で許していただけるとは思っていません」

怒《いか》りを滲《にじ》ませた父の表情を前にして、慎一は大きく息を吸い込んだ。

「ただ、軽い気持ちで付き合っているのなら、こうしてご両親に告白には来ていません。これからの一生を、私はひかると一緒に生きてゆきたい。性別に関係なく、彼を愛しているんです。男同士のリスクを背負っても、おれは必ずひかるを幸せにしてみせる。それだけは…、信じてほしいんです」

「慎一…」

その真摯《しんし》な態度も、誠実な言葉も、ぼくの胸に熱く響《ひび》いてくる。

落ち着いて見えた彼は、顔を上げて喋《しゃべ》りながら自分の膝をきつく摑んでいた。

「…あのなあ風見さん、あんたもいい大人だろうっ。それがどんなに不毛なことか、自分でわからんのかねっ⁉」

すっかり敬語をかなぐり捨てた父が、吐《は》き捨てるように言った。

「月充さん、おれはひかるを人間として尊敬しています。彼の嘘をつけない素直《すなお》さや、人を思いやることのできる性格は、ご両親に愛されて育ったからだと思います。そんな素晴らしい人間性を含《ふく》めて、おれはひかるを愛しています」

「慎一……」

静かに語る彼の横顔を見ながら、ぼくは感動して目が潤《うる》んでしまった。

『いい家庭で育ったから、おまえは素直なんだよなぁ』

彼はたまに羨《うらや》ましそうにぼくに言う。けして社交辞令でなくそう思っているのだ。

「風見さん、あんたが『そういう人間』なのは勝手だ。だが、これ以上うちの大事な息子を巻き込まんでくれ」

冷たく言い切った父に、慎一が苦しそうに顔を歪《ゆが》めた。

「ひかるには、これからよく言い聞かせる。風見さん、あんたはもう帰ってくれ…、私はあんたのような人間は理解できないし、二度と来てもらいたくもない」

「父さん…どうして…?」

ぼくは膝の上で震《ふる》える指をきつく握っていた。

さっきまで、父も母も、慎一を素晴らしい画家だ、立派な好青年だと褒《ほ》め称《たた》えていた。

今ここにいる慎一は、さっきと何も変わってない。

責められるのを承知で、誠実にふたりで生きてゆきたいと話しただけだ。

——男同士で愛し合うと、こういうふうに見られるんだ…。

彼の真摯な言葉も人間性も、完全に拒絶《きょぜつ》されてしまう。


「父さん、ぼくは慎一を真剣に愛してます」

彼に口出しを止められていたのに、ぼくは思わず口を開いていた。

「ぼくらはちゃんと恋愛《れんあい》をして、ふたりで一緒に生きていこうって決めたんです」

「…おっ、おまえまで何を言ってるんだ！　すぐに目を覚ませっ！」

いきなり父の顔が真っ赤に染まり、ぼくに向かって怒鳴《どな》りつける。

「おまえ相手は男だぞ！　私は、おまえをそんな愚《おろ》かな人間に育てた覚えはないっ！」

叩《たた》きつけるような父の怒りを浴びて、目を見開いたまま、握った指がかたかたと震えた。ここまで威圧《いあつ》的に怒鳴られたことは…一度もない。急に貧血《ひんけつ》になったように身体《からだ》が冷たくなった。

父との距離《きょり》はこんなに近いのに、いまぼくらの前には見えない壁《かべ》が立ち塞《ふさ》がっている…。

拒絶という壁だ。

健也が初めてぼくらの関係を知ったときの、激しい嫌悪《けんお》感と同じ…。

父は青ざめて唇《くちびる》を震わせ、母は途方《とほう》に暮れたように茫然《ぼうぜん》としている。父の気持ちがわかる健也は、いま苦痛に耐《た》えるような表情で唇を結んでいた。

「……父さん、これだけは信じてほしい。慎一は誠実です。一生を彼と共にしたいと思うくらい素晴らしい人です。男同士だけど、それ以上にぼくらはお互《たが》いが大切な存在なんです」

震える指先を握りしめて、ぼくは生まれて初めて真剣に父に向かっていた。

「ひかる、おまえはまだ子どもだ。世間を知らずに東京に出るから、男などと…こういう関係になったんだぞ！　もう東京に戻《もど》らんでいい、家《ここ》にいて頭を冷やせっ」

「ぼくは、もう二十二歳です！　こんなに大事なことを判断できない子どもじゃないっ!!」

頑《がん》として聞き入れない父に、ぼくは思わず怒鳴り返してしまった。

「おまえは、この男に惑《まど》わされてるだけだ。落ち着いて考えれば自分の間違《まちが》いに気づくだろう」

慎一に対して恐《おそ》ろしい反感を示されて、ぼくはふらふらと頭を振《ふ》った。

「…ぼくや慎一がまじめに考えてること、父さんはぜんぶ間違いだって否定するんですか？」

ぼくの言葉をすべて切り捨ててしまう父に、頭ががんがんしてくる。

健也のときもそうだった…。想像していた以上の嫌悪感を示されて、どんなに真剣に愛し合っていると訴えても通じなかった。

「ひかる、落ち着け」

「慎一…すみません」

彼がくれたハンカチを、ぼくは潤んだ目尻《めじり》に押し当てた。

覚悟《かくご》して気長に説得すると言ったのに、父の言葉を聞いていると無性《むしょう》に悲しくなる。

ぼくは父にとても可愛《かわい》がられた記憶《きおく》がある。いつも温厚で優《やさ》しい父が好きだった。だから今日も、心の中で父の優しさに期待していたのかもしれない。

母が口出しできずにおろおろし、健也はぼくを見てずっと困った表情をしていた。

「さあ、息子を置いてすぐ出て行ってくれ」

寄り添《そ》うぼくらを見て、父がイライラと出口を指さした。

「月充さん、お気持ちを乱したことをお詫《わ》びします。でも、申し訳ありません。ひかるは連れて行きます。彼はもうおれの大切な伴侶《はんりょ》なんです。しかし、けしてご家族から奪《うば》うわけではありません。許していただけるまで、何度でも伺う覚悟です」

彼は表情を引き締《し》めて、誠意ある口調で父に頭を下げた。

「父さん母さん…今日はつらい思いをさせてごめんなさい。ぼくも慎一を伴侶に選びました。これからは彼と生きてゆきます」

慎一と一緒《いっしょ》に頭を下げて、ぼくも両親に謝罪した。

バンッ！　と畳《たたみ》を叩く音が響いて、父がいきなり立ち上がった。

「男同士で伴侶なんぞと、何をたわけたことを言ってるんだっ！　ひかるを連れて行くことは絶対許さんっ！」

沸騰《ふっとう》した父が、突然《とつぜん》慎一の胸《むな》ぐらを摑《つか》む。

「父さんっ」

「オヤジ、ちょっと落ち着け！」

ぼくと健也が同時に割って入った。

「いま風見さんを追い返したら、兄貴は二度と戻ってこないんだぞ」

「健也っ、お前は平気なのか!?　家族が道を踏《ふ》み外すのを黙《だま》って見ているつもりか！」

父に詰《つ》め寄られて、健也がつらそうな表情《かお》をする。

いまの父は、かつて一方的に慎一を殴《なぐ》って怒鳴りつけた健也と同じだ。

心臓を突《つ》き刺《さ》す、痛くて残酷《ざんこく》な言葉…。

常識から外れていて、理解できない。

生理的に許せないものは、絶対に認めない。

たとえ、ぼくらが大人で、本当に愛し合っていても……。


「オヤジわかってやれ、風見さんといるのが兄貴の幸せなんだよっ」

「黙れ、バカ者！」

見かねてフォローしてくれた健也を、父は乱暴に振り払《はら》った。

「月充さん、おれはどんな責任も取ります、謝罪もします」

胸ぐらを掴まれていた慎一が立ち上がると、見下ろされて父が〝うっ〟という顔をする。

「すみません…、ひかるは置いていけません」

毅然《きぜん》とした態度で言うと、彼はその場でていねいに頭を下げた。

「父さんごめん、ぼくは彼と帰ります」

「ひかる！」

ぼくがそう言ったとき、父がカッとして手を上げた。

ぎゅっと目をつぶったぼくの耳に、パーンッと大きな音が響《ひび》く。

「し、慎一…っ」

彼は屈《かが》んで、ぼくをかばっていた。

「申し訳ありません、大事な人をいただいていきます」

代わりに頰《ほお》を打たれて、彼は守るようにぼくを抱《だ》きすくめた。

「こいつ…ひかるは絶対にやらんっ！」

父が怒鳴りながらぼくの腕《うで》を摑んだとき、突然、背後のふすまが音をたてて開いた。

部屋にいた全員がハッとして戸口を振り返る。

「おっ、大《おお》おばあちゃん…？」

開いた戸口で仁王立《におうだ》ちしているのは小柄《こがら》な曾祖母《そうそぼ》だ。慎一が来ると聞いて、夜の宴会《えんかい》まで待ちきれずにやって来たらしい。

「光二《こうじ》！」

大声で自分の名前を呼ばれて、父がびくっと硬直《こうちょく》する。

「さっきから聞いとれば、なんでおまえは好いた者《モン》同士を叱《しか》りつけるんじゃっ！」

ずんずん入ってきた大おばあちゃんに一喝《いっかつ》されて、父が後退《あとじさ》った。

「わ、私らはいま大事な話をしてるんだっ。ばあさんには関係ない、出て行ってください」

ぼくらの視線に気づいて、父が動揺《どうよう》を押し隠《かく》して言った。

「関係あるわ、ひかるはわしの可愛いひ孫じゃ！　だいたいおまえに、この子らを引き離《はな》す権利があるとでも思っとるんかっ⁉」

皺《しわ》だらけの指を突きつけられて、父が〝うっ〟と顎《あご》を引く。

「権利はある、私はひかるの父親だっ」

「子どもの幸せを邪魔《じゃま》する父親がおるかっ！」

曾祖母は父の胸くらいの身長なのに、すごい剣幕《けんまく》でたたみ掛《か》けられて父が気圧《けお》されている。

――大おばあちゃんて……こんなに激しい人だったんだ……。

大声で怒鳴《どな》る大おばあちゃんを、ぼくは初めて見た気がする。たまにボケたりもするけど、ふだんはおっとりしていて優しいのだ。

「光二、おまえだって智子《ともこ》が好きで好きで、どうしても嫁《よめ》に欲しくて、『生きるの死ぬの』とさんざんわめいたじゃろうが！」

「ばあさん、やめてくださいっ」

いきなり母の名前を出されて、父があわてて手を振った。

「ひかるも風見さんも、本気だって言っとる。おまえだって何度も頭を下げて智子さんを貰《もら》いに行ったときの気持ち、いま一度思い出してみいっ」

「ま、待ってくれっ！　そんなむかしの話をいま持ち出されても困るっ」

大おばあちゃんの言葉に、父は思いきりひるんでいる。

「智子をどうしても嫁にしたいと、おまえががんばっていたから、わしだって助けてやった。

そこまでして好いた娘《むすめ》と一緒になって、なんで自分の子が惚《ほ》れた相手と一緒になるのを認めてやらん！」

「そっ、それとこれとは話が別だっ。いくら惚れてようが、こんな男には渡《わた》せん！」

父に指を突きつけられて、慎一が寂《さび》しそうに目を閉じた。

「お父さん…、ひかるを、おれにください」

開いた目を細めると、低い声で静かに言った。

一瞬《いっしゅん》、部屋がしんとするほど、彼は真摯《しんし》な表情をしている。

「ひかるはもう、おれの大切な家族なんです」

そう言った彼は、不思議なほど深く澄《す》んだ瞳《ひとみ》をしていた。父に目を据《す》えたまま、彼はゆっくりとその場に膝《ひざ》を折って正座する。

「これからの一生を、ふたりで生きてゆくことを、どうかお許しください」

侍《さむらい》のような所作で深々と頭を下げる彼から、偽《いつわ》りのない真実の心が伝わってきた。

「慎一…」

ふいに涙《なみだ》がこみ上げてきたのは、緊張《きんちょう》した面持《おも》ちで顔を上げた慎一に、小さい頃《ころ》の彼が一瞬透《す》けて見えた気がしたからだ。

父はしばらく茫然《ぼうぜん》と慎一の顔を見つめてから、急にハッと気づいたように頭を振った。

「…とにかく、私は絶対に認めん」

きつく言って背を向けると、父は足音も荒《あら》く出て行ってしまった。

「ちょっと…あなた」

「オヤジ、どこに行くんだよっ」

母と健也が、あわてて父の後を追いかけて行った。


「…父さん…?」

ぼくは出口を見つめたまま、茫然と呟《つぶや》いた。

あまりにアッという間のできごとで、慎一も複雑な表情で前髪《まえがみ》をかき上げている。

「なんも心配いらんて、わしが風見さんとひかるの味方をしてやる」

大おばあちゃんが、ぼくの袖《そで》を引っぱって言った。

「光二が落ち着いたら、もう一回ふたりで話しにこい。わしも一緒に口添《くちぞ》えしてやるでな」

「…大おばあちゃん、どうもありがとう」

励《はげ》ますように言ってくれる曾祖母に、ぼくは屈んでお礼を言った。握《にぎ》った手はしわしわだけど、小さい頃いっぱい頭を撫《な》でてくれた優《やさ》しい手だ。

「なんの、こんないい男を捕《つか》まえて、よかったよかった。好いた者《モン》同士は一緒にならんといかん、一生後悔《こうかい》するのは酷《こく》じゃからのぅ」

慎一とぼくの手を握らせると、大おばあちゃんは誇《ほこ》らしげに頷《うなず》く。

「風見さんは立派に話しとったよ。光二も必ず認めてくれる、あきらめたらいかんぞ」

「はい、本当にありがとうございます。許していただくまで、あきらめずに何度でも通います」

彼は大おばあちゃんの手を取って、優しく微笑《ほほえ》んだ。

「なんのなんの風見さん、これからも、わしの可愛《かわい》い『孫娘《まごむすめ》』をよろしくお願いしますねえ」

ぽんとぼくの腕をはたいて、さも自慢《じまん》そうに胸を張る。

「はい？」

ぼくと慎一は同時に顔を見合わせた。

――ま、孫娘………!?

そういえば、大おばあちゃんは前の帰省のとき、孫《ぼく》娘が慎一に嫁に貰われたと勘違《かんちが》いしていた…。長男だと訂正《ていせい》しても、すぐに忘れられてしまう。

「ひかる、ダンナ様と幸せになりんさいね」

「大おばあちゃん…ありがとう」

嬉《うれ》しそうに顔をほころばせる大おばあちゃんに、ぼくはもういちど笑顔《えがお》でお礼を言った。

たまにボケるけど、大おばあちゃんがぼくを心配してくれる気持ちは、少しも変わっていないんだと思う……。

初めて父に本気で怒鳴られて、ぼくはけっこう打ちのめされた気がする。

絶対に認めん！　と言い捨てて出て行った父は、ぼくらが帰るまで一度も顔を見せなかった。

◇◆◇

「母さん、大おばあちゃんの話ってなんだったの？」

健也と戻ってきた母に、ぼくはさっきの話を聞いてみた。

両親が恋愛結婚《れんあいけっこん》だったくらいは聞いていたけど、具体的な話は知らない。父も母も自分達のなれそめを絶対言わなかったからだ。

「いまさら子どもに言うのは恥《は》ずかしいんだけど、お父さんが高校二年のとき、初めて会ったのよ」

母は、ぼくらに食事を勧《すす》めながらそう言った。

「高校生ならふつうじゃないの？」

ぼくが首をかしげると、急に母がもじもじする。

「だって…、そのときお母さん新米の先生だったんだもの」

「ええっ？　母さんが先生で、父さんが生徒だったの!?」

　じゃあ母が二十三歳で、父が十七歳のときだ。たしかに母の方が六歳年上だけど、見た目は断然母の方が若いので、いままで気にしたことはなかった。

「じゃあおふくろ、生徒に手を付けたのかよ？」

　ぼくと一緒《いっしょ》に驚《おどろ》きながら、健也がよけいなことまで言う。

「ほらねえ…、世間ではそう言われちゃうでしょ〜。だから、お母さん『先生』をやめたのよ。でもまあ、お父さんと結婚できていまは幸せなんだけど〜」

　両手で頬《ほお》を押さえてのろける母は、なんだか若返ったようで可愛い。けど…、ぼくらの問題を覚えているだろうかと、ちょっと心配になった。

　けっきょく一目《ひとめ》惚《ぼ》れした父が押して押して押しまくって、最終的に母が根負けしたらしい。

　でも世間の目は今より厳しかったので、当然、教師と生徒の恋愛なんて許されるはずもない。

　父の情熱的なアプローチで、母は学校や月充の両親からも責められてしまったのだ。

「『生徒をたぶらかす女教師』って言われたけど、お父さんとお母さんは、手を握《にぎ》るのもドキドキするくらいの純愛だったのよ」

　こんなにおっとりした母が、そんな苦労をしていたなんて知らなかった。

　父も母と別れるよう両親からきつく命令されていて、世間も家族も、すべてがふたりを引き離《はな》す方向に動いていたのだ。

追いつめられた父が駆《か》け落ちを決意したとき、ゆいいつ味方をしてくれたのが大おばあちゃんだった。

『十年待てとは言っとらん、ふたりの気持ちが本物なら、たった二年待てば堂々と智子さんを嫁《よめ》にもらえる！』

周囲が別れろと責め続けるなか、父は大おばあちゃんの一喝《いっかつ》で目が覚めたのだという。

その後、父はまじめに高校を卒業し、曾祖母《そうそぼ》の勧めで隣県《りんけん》の大学に進学して、そこで母と結婚した。ぼくが生まれたとき、父はアルバイトをしながら大学に通っていて、卒業して就職した年に、健也が生まれたのだ。

「大おばあちゃんのおかげで、これは親族もほとんど知らないことなのよ」

嬉《うれ》しそうに慎一と話している曾祖母を眺《なが》めて、母は目を細めて言った。

六年後にこの土地に戻《もど》ってきたとき、すでにふたりは教師でも生徒でもなくなっていた。

他県で結婚した月充さんちの次男が、奥さんと子どもを連れて戻ってきただけのこと…。

「そうか、だから誰《だれ》からも聞いたことなかったんだ…」

まじめな『父親の顔』しか見せなかった父が、かつてそんなドラマチックな恋愛をしていたんだと思うと、不思議な気分だ。

「信じられね～、あの性欲なさそうなオヤジがそこまで情熱的だったとは…」

「健也～…」

大げさに頭を抱《かか》えた弟に脱力《だつりょく》してしまった。

「ひかるが生まれたのは一番大変なときだったけど、お父さん…そりゃもう泣いて喜んでくれたのよ～。あのとき、あきらめなかったから、今こんなに可愛い子ども達もいるんだし、お母さん最高に幸せ者だと思う…。さっき大おばあちゃんが怒鳴《どな》ったとき、当時のこと色々思い出しちゃってね、きっと風見さんとひかるも、あのときの私達と同じ気持ちで、どんなに反対されても一緒になりたいんだろうなって思ったのよ」

「母さん…」

笑って言いながら母がそっと涙《なみだ》を拭《ふ》いていて、ぼくもまた目が潤《うる》んでしまった。

「風見さん、主人もむかし、私の実家にあいさつに来ては、うちの父に木刀で追い払《はら》われてたんですよ。あんなふうに頑固《がんこ》な人だから、すぐには認めないかもしれないけど、必ずまた来てくださいね」

「お母さん…、お気持ち感謝します」

彼は真顔で答えて母に頭を下げた。

「あらまあ風見さんもったいない、せっかくいい男なんだから顔を上げてくださいね」

本当にもったいなさそうな口調で手をさし出した母に、横で健也が吹《ふ》き出していた。


「慎一、父がひどいことを言って、ごめんなさい……」

帰りの車中で、ぼくは彼の腕《うで》に触《ふ》れて謝った。

ぼくより慎一《しんいち》を責めていた父の態度は、健也が最初に知ったときと同じだ。世間知らずのぼくが、悪い男に騙《だま》されて無理やり関係させられたのだと勝手に思い込んでいる。ぼくと慎一の体格差で、よけいそう見えるのかもしれない。

「大人同士の恋愛なんだから、責任だって対等のはずなのに……」

ふだんは、『ひかるは、長男でしっかりしてるからな』と言っていたくせに、今回の父は、ぼくがまだ親の庇護《ひご》が必要な子どもだと言い張っていたのだ。

「父さんが、あんなに頑固《ガンコ》だとは思わなかった」

「それはしょうがないさ、いきなり息子《むすこ》を『男』が奪《うば》いにくるんだからな～」

手を伸《の》ばしてぼくの肩《かた》をはたくと、彼はなだめるように言った。

「さっき、おふくろさんの話を聞いて納得《なっとく》したよ。あんな苦難の大恋愛を乗り越《こ》えて生まれた子《ひ》ども《か》だ《る》、本当の意味でふたりの宝物だろ？　オヤジさんがひかるを本気で叱《しか》るのは、おまえを愛しているからだ。おれから、子《ひかる》どもを守ろうと必死だったんだろう。まっ、かなり頑固そうだけど、いいオヤジさんだぜ…うらやましいよ」

「慎一…？」

素直《すなお》に〝いいよなあ…〟という表情で目を細めた彼に、ぼくは驚いて目を瞬《またた》いた。

「あんなに、ひどいこと言われたのに…慎一は父さんのこと、そう思うんですか？　息子のぼくでさえ、ぜんぶ否定されて悲しくて泣きたくなったのに…」

そう、何もかも…ぼくらの真剣《しんけん》な気持ちや、慎一の人間性すら否定されたのだ。

自分のことよりも、ぼくはそれで、かなりダメージを受けてしまった。

「おれも、あれはかなり痛かったけど…でもな、取られたくない気持ちはわかる。おれだって、ひかるを他《ほか》の男に奪われそうになったら、きっと平常じゃいられない。怒《いか》り狂《くる》うし手も出るだろう。オヤジさん、大事なおまえのために本気で必死だったんだよ」

「……ぼくは、慎一ほど寛容《かんよう》にはなれない。説得するつもりだったのに、悔《くや》しくて怒鳴ってた」

彼の優《やさ》しい気持ちは嬉しいけど…、だからと言って差別発言や罵《ののし》りの言葉を投げつけたことは、ぼくには許せない。

「ぼくは父を、人間的に尊敬していたのに…もうダメかも…」

「おまえとオヤジさんは、『家族』だからな。いい意味での甘えがあるんだよ」

「え……？」

彼の静かな声に、ぼくはうつむいていた顔を上げた。

「自分じゃわからないだろ？　さっきふたりが怒鳴り合ってるのを見て、〝…ああ、これが家族なんだ〟って、おれはしみじみ思ったんだよ。あそこでは、おれだけ他人だから見えるんだ。オヤジさん本気で叱ってるし、おまえも自分の父親だからよけい悔しくて言い返す。感情的に怒鳴り合ってても、けして互《たが》いが憎《にく》いからじゃない。『家族』だからここまで言えるんだって、おまえは無意識に心のどこかで思っていたはずだよ」

前を向いたまま、彼は寂《さび》しそうに唇《くちびる》で微笑《ほほえ》んだ。

「どうでもいい人間相手だったら、おれ達の関係を理解してもらわなくてもいい。ましてや話す必要もない。大事に思っている家族だからこそ、わかってほしくて本当の気持ちを一生懸命《いつしようけんめい》ぶつけたんだ」

彼の言葉を聞いて、ぼくは胸を突《つ》かれたようにハッとした。

「…そうなのかも…しれない」

ぼくにとって父は大切な存在だから、わかってくれないのが悔しくて、よけいムキになったんだと思う……。

慎一とぼくが愛し合っていることを許してほしい。父がいつか彼を認めてくれて、笑顔《えがお》で家族として迎《むか》え入れてくれたら、きっとぼくは幸せで舞《ま》い上がってしまう。

「ひとりで先走って、すみません」

ぼくはシートにもたれて、〝はぁ…〟とゆるい息を漏《も》らした。

「いいさ、うらやましいよ、おれの家族とは…大違《おおちが》いだ」

初めて自分から家族のことを口にした彼を、ぼくは驚いて見つめてしまった。

「おれの両親は、おれに『どうしたい？』と一度も聞かなかった。『寂しくないか？』と尋《たず》ねたこともない。五歳に満たないおれには、まだ人格はないと思っていたのかもしれない。離婚《りこん》が決まったとき、『母さん達は出て行くから』と結論だけ言われた。でも母と姉貴達が出て行っても、おれにはなんの感慨《かんがい》もなかったよ。物心がついたときには、もう両親は冷戦状態だったからな」

「でも…っ、慎一はお母さんの本当の子どもなんでしょう？　自分の子どもなのに、どうしてそんなに冷たいんですか？」

淡々《たんたん》と話す彼の声を聞いて、ぼくは青ざめてしまった。

たとえ両親がいがみ合っていたとしても、自分の子どもは別だと思う。子どもには、なんの罪もないのだ。

「おふくろは、打算もあっただろうな。オヤジはもともと仕事人間で家庭をかえりみないタイプだし、互いに愛情は薄《うす》かったんだと思う。おれが生まれた頃《ころ》から、関係は冷え切って口もきかなかったって、じゅんのオヤジさんが言ってた」

あくまで他人事《ひとごと》のように話す家族の話に、ぼくは無意識にため息を漏らしていた。

「オヤジは、ほとんど仕事で家にいなかったから、最初から家族は必要なかったのかもな。ある意味、おふくろや姉貴達は被害者《ひがいしゃ》だったのかもしれない」

「一番の被害者は、慎一じゃないですかっ！　愛情がなかったら、最初から結婚しなければいいのに…」

「なあひかる、これはもう過去の話だ。おれは、自分を哀《あわ》れんで話したわけじゃない」

ぐすんと鼻をすすったぼくに、彼は困り顔で胸ポケットからハンカチをくれた。

「おれはじゅんの家で、人並みに家族として暮らしていたし、いまのおれには『おまえ』がいる。おまえのオヤジさんの説得はこれからでも、いつか笑顔で話ができるって可能性もあるし、希望も持ってるよ」

「うん…」

伸ばした手で髪《かみ》を撫《な》でてくれる彼に、ぼくは小さく頷《うなず》いた。

「告白という第一歩を踏《ふ》み出して…、おれは初めて自分を捨てた両親を気の毒だと思えた。さっき、おれも、おまえのオヤジさんも、大事なモノ《ひかる》を守ろうとして必死だった。でも、おれの両親には、そこまでして守るほどの大事な誰《だれ》かがいないんだ…。そう考えたとき、なんかなぁ…、意識の底にあった両親との確執《かくしつ》みたいなものが、きれいに消えてなくなったような気がするんだよ」

彼は自分の胸に手を当てて静かに呟《つぶや》く。

わだかまっていた何かが昇華《しょうか》したのか、目元に優しい微笑《びしょう》が浮《う》かんでいる。

彼が心の中で自分を捨てた両親を許したとき、ずっと両親を許せなかった『小さい自分《しんいち》』も一緒《いっしょ》に、赦《ゆる》して解放してあげたのだと思う。重い荷物を下ろしたように、とても安らいだ表情をしていた。

「愛する伴侶《おまえ》を得られて、おれはいま最高に幸せだよ。見ていてくれ、おまえのオヤジさんに許してもらうまで、絶対にあきらめないぜっ！」

きっぱり言い切ると、彼はぐっと勇ましく拳《こぶし》を握《にぎ》って見せた。

「うんっ！」

笑顔で元気に頷いたのに、彼の気持ちが嬉《うれ》しくて涙《なみだ》が溢《あふ》れてくる。

幸せに感情が昂《たかぶ》ってしまって、ぼくは彼が運転中なのも忘れて、抱《だ》きついていっぱいキスしてしまった。

◇◆◇

一月の半ば、ぼくはマンションの自分の部屋で仕事をしていた。

キーボードを叩《たた》きながら、ときどき手を止めて考える。いま書いているのは、慎一と組んでいるファンタジー作品の第二部だ。

ちょうど敵の妖魔《ようま》と主人公の少年が対峙《たいじ》しているところで、満月に照らされた高層ビルの屋上で、彼らは相手を見据《みす》えたまま剣《けん》を構えている。これからが戦闘《せんとう》アクションシーンで、わくわくしてしまう。

考えながらモニターを見ていたとき、途中《とちゆう》からスクリーンセイバーになって、画面が熱帯魚の水槽《すいそう》に変わってしまった。

のんびり泳ぐ色とりどりの魚を眺《なが》めていると、無意識のため息が唇から漏れた。

「まだまだ、先は長いなぁ…」

イスの肘掛《ひじか》けにほおづえをついて、ぼんやりと呟く。

それは小説の話じゃなく、父にぼくらの関係を認めてもらうまでの道のりだ……。

お正月の告白で、母と健也、大おばあちゃんも、ぼくらのことを認めてくれた。

それだけでも、じゅうぶん幸せなことなのだと思う。

でも…、やっぱり父に許してもらいたい。けっきょく、ぼくは父が好きなのだ。

告白でつらい思いをさせてしまったぶん、いつか父の気持ちがほぐれて笑顔で会えるようになったら、いっぱい親孝行させてほしいと思う。

そして父が許してくれたとき、慎一も本当の意味で家族を得られるような気がする。


「よ〜し、がんばるぞーっ！」

パソコンの前で自分に気合いを入れたとき、急にお腹《なか》が鳴った。

「…なんか、お腹が減って力が出ないなぁ」

壁《かべ》の時計を見上げながら、組んだ両手を上げて大きく伸《の》びをする。

「…え？　とっくにお昼過ぎてる!?」

朝の九時から原稿《げんこう》を書き始めたのだが、壁の時計は昼の二時を回っていた。

集中していると、五時間なんてアッという間で驚《おどろ》く。あわてて食事の用意をしに立ち上がったとき、モニターの上にあるFAXがぶぶっと音をたてた。

「慎一かな？」

彼のアトリエとぼくの部屋の間には寝室《しんしつ》があるけど、互いにドアを開けているので声をあげれば会話できる。でも原稿に集中しているときは、彼の声にもFAXの音にも気づかないので、彼はぼくが仕事を終えたら見られるように、わざわざFAXをくれるのだ。

出てきた紙を手に取ったとたん、ぼくは思わず吹《ふ》き出してしまった。

奥さんへ

KIRAの挿絵《さしえ》ができました。見せる条件は下記の通りです。

①　笑わせる
②　キスさせる
③　触《さわ》らせる
④　セックスさせる
⑤　コスチューム・プレイ

※必ず二つ以上○印をつけて、風見先生まで提出してください。

「も～、慎一大好きっ」

ばかばかしい内容に、お腹を抱《かか》えて笑ってしまった。

彼からの携帯《けいたい》メールは暗号なみの短文だし、ふだんの口調は『おれ様』なのに、なぜかFAXだけ敬語なのもおかしい。

①②に○印を付けたあと、項目《こうもく》を書き加えて、ぼくは彼のアトリエに提出しに行った。
「風見先生、提出にきました！」

戸口で声をかけて入っていくと、彼はイスを回してぼくの方に身体《からだ》を向けた。

部屋が適温に調整されているので、慎一はダンガリーのシャツにジーンズだ。ぼくも薄い生《き》地《じ》の白いパーカーを着ている。

「よーし、先生に見せてみろ」

くわえタバコで脚《あし》を組んでFAXを受け取ると、読んだとたん肩《かた》を揺《ゆ》すって笑いだした。これで①はクリアだ。

「合格！」

「やったあ！」

彼が笑顔《えがお》で頷いてくれて、思わず喜んでバンザイしてしまった。

こういうレクリエーションは、ぼくも慎一も大好きだ。ぼくがさっき書き加えた項目は、
⑥　喜ぶ・褒《ほ》める・慎一に感謝しておいしいお昼を作る——だった。
「ところで、このコスチューム・プレイってなに？」

「おれの誕生日にじゅんがくれたヤツだ。片方はまだ一回も使ってないしな」

思い出したとたん、疲《つか》れた笑いが漏《も》れる。

慎一の誕生日なのに、じゅん先生はぼくが着るようにと服をくれた。

プロ用のコックコートは、実用的なのでたまに使っている。でも、もう一枚がメイド服だったりして……いつも彼女のプレゼントは意表をついていて困ってしまう。

「コスプレを選ぶと、おれが念入りにサービスして天国にイカせてやるぞ」

「い、いいです、天国にはいつでも行ってますからっ」

さわっと顎《あご》を撫で上げられて、バタバタ手を振《ふ》って辞退する。

「それより慎一、ぼく早くラフが見たいんです。お願い！」

ラフスケッチは、鉛筆《えんぴつ》で描《か》いた下絵だ。もう見たくてたまらなくて、ぼくは彼の肩に手を置いて前後に揺さぶっていた。

「おまえ、な～！　こういうときは甘えてキスするんだよっ」

タバコをくわえたまま揺さぶられて、慎一があきれ顔で笑う。

「ほら雑誌用のラフだ」

お気に入りの製図台《ドラフター》から紙の束を取って、ぼくに差し出す。

「……わあ……っ」

鉛筆の線で緻密《ちみつ》に描き込まれたキャラクターに、目を瞠《みは》って感動してしまう。

「あ～……あれかぁ……」

月光の下で剣を構える少年と、褐色《かっしょく》の肌《はだ》の魔物の青年…。冷たい切れ長な目が獣《けもの》のように輝《かがや》き、結んだ唇《くちびる》の端《はし》で微《かす》かに嗤《わら》っている。対する主人公は、まだ幼さの残る高校生だ。ヒロインを救出するため、命をかけて戦いを挑《いど》む。

月光に照らされた高層ビルの屋上で、吹き上げる風に髪《かみ》を舞《ま》い上げながら互《たが》いを見据える。少しでも気を抜《ぬ》けば、一瞬《いっしゅん》で間合いを詰《つ》められて斬《き》り捨てられる、極限の緊張《きんちょう》…。

「こらっ、自分の世界に入り込むな！」

絵に触発《しょくはつ》されて頭の中でシーンを追ってしまい、慎一に叱《しか》られてしまった。

「ごめんなさい、すごくカッコイイです。もう惚《ほ》れちゃうなぁ〜」

ラフを胸に抱きしめて、ぼくは頰《ほお》を染めて〝は〜っ〟と息を漏らした。

なんといっても、このラフを描いているのは、天才イラストレーター風見慎一だ。

元々ぼくは、彼の絵に心酔《しんすい》していた一ファンにすぎなかった。なのにいま、憧《あこが》れの画家と一《いっ》緒《しょ》に暮らしていて、しかも自分の作品の挿絵を描いてもらっている。

「なんだか、幸せな夢を見てるみたいだ…」

「いいから現実に戻《もど》ってこい。訂正箇所《ていせいかしょ》を確認《かくにん》する」

笑って言いながら、ぼくの腰《こし》を摑《つか》んで勝手に自分の膝《ひざ》に座らせた。

「先に打ち合わせしたからないですよ。それにしても、今回のキラは悲しそうですね…」

少年にしがみついて、幼いヒロインがぽろぽろ泣いているシーンだ。彼女の小さな手が少年から引き離《はな》されないように服をぎゅっと掴んでいて、胸に切ないものがこみ上げてくる。

「おまえ、ここの文章力《リキ》入ってたしな。読んだイメージそのままだぜ」

感心しているぼくに、慎一が笑って肩をすくめる。

「そうなんだけど、慎一に渡《わた》してるのは文章なのに、どうしてイメージと重なるのか不思議なんですよ。やっぱり天才だから？」

「おまえが元々、おれのファンだからだろ」

素直《すなお》に聞いたぼくに、タバコを吸っていた彼が軽く吹き出す。

「う～ん、そうなのかなぁ」

ぼくの頭の中にはキャラがいるけど、絵を見せてもらったとき、自然にイメージがスライドして重なる。あまりに違和《いわ》感がなくて…というより、いつも期待以上で驚く。

「頭の中のイメージを絵にできるなんて、絵描きってスゴイですね！」

「おまえだってイメージを文章にしてるだろ？　おれだって、物書きは凄《すご》いって思うぞ。ストーリーを考えながら書いているんだからな」

「考えながらっていうより、頭の中でアニメーション映画みたいに映像が流れてるんです。そこにいるキャラやストーリーを眺《なが》めながら、文章に起こすって感じかなぁ。でもプロット決めてても、キャラの気持ちは変化するから、たまに自分が思ってもみないことキャラがしちゃって、『この人、どうする気なんだろ～!?』って、びっくりする」

「ドーラだろ？　じゅんにそっくりだもんな」

「そうなんですよ〜、ドーラお姉さまは、修正しようとしても勝手に暴走しちゃって」

慎一に指摘《してき》されて、一緒に笑ってしまう。

ヒロインを狙《ねら》う敵方の女王様キャラだ。ミステリアスな美女で出てきたのに、性格がじゅん先生に似ているせいか、本来の目的を忘れて自分の欲望のために突《つ》っ走っていく。しかもどんどん強くなっていくので、主人公を倒《たお》さないかとびくびくする。

「でも、そんな意外なことも、小説を書いてる楽しみかな〜」

「ああ、キャラは勝手に育つからな。まあドーラは一生変わんねーだろうけど、この先どんな暴走するか楽しみだよ」

「ホントですね、彼女をそっと見守っていきます」

そうやって慎一と笑って会話しながら、じつはちょっと緊張もしている。

キャラ覚えてもらえて嬉《うれ》しいけど、彼は仕事に厳しいので、恋人《こいびと》が相手でもお世辞で褒めたりしない。完成原稿《げんこう》を彼が読み終えるまで、ぼくは意味もなくキッチンに行って野菜を刻んで待ったりする。

そんなときの慎一は、ぼくにとって恋人じゃなくプロのイラストレーターなのだと思う。

「慎一はラフからきっちり描くのに、たまに下絵と仕上がり変わってますよね？」

「そりゃそうだ、微妙《びみよう》な加減なら毎回違《ちが》うよ。うまく筆が走ってくると、〝よしっ！〟って作品《モノ》が描けたりしておもしろい。絵は被写体と、おれの指先で変化するんだよ」

「絵描きが言うと、カッコイイ言葉だなあ」

「そうだろ～、前に『ひかる』を描いてたとき、騎乗位《きじようい》にしようと思ったのに、おれのをしゃぶってくれるから、被写体にも意志があるんだって感動したよ」

「…そっ、それはただの慎一の妄想《もうそう》ですっ！」

顎を押さえて頷《うなず》いている彼に、ぼくは真っ赤になって抗議《こうぎ》した。

セックスしているときの〝自分〟をリアルに描かれると、吐血《とけつ》しそうなダメージを喰《く》らう。

「妄想の中でも、いつも可愛《かわい》い奥さんのことを考えてるんだ、愛だろ？」

「…愛かなぁ」

嬉しそうにぼくを膝に抱《だ》いて髪に口づける慎一に、まあいいかと笑ってしまう。

イラストレーターの彼と暮らしていると、たまに驚《おどろ》くほど強くシンパシーを感じるときがある。でも、それ以上に『慎一、ぶっ飛びすぎててわからない』と思うので、毎日楽しい発見があっておもしろいんだけど……。


「ところでひかる、さっきの条件を満たしてもらおうか？」

にっこり笑って人さし指を立てた彼に、ぼくは笑顔《えがお》で頷いた。

「はいっ、じゃあさっそく！　ぼく慎一においしい昼食作ってきま～す」

上機嫌《じょうきげん》でラフを抱《かか》えて背を向けたとたん、また彼の腕《うで》に捕《つか》まって膝に引き戻されてしまった。

「慎一も、お腹減《なか》ってるでしょう？」

「いいから、先にキスさせろよ」

ぼくの肩《かた》に顎を置くと、ぞくぞくする低音で耳元に囁《ささや》く。

いつもは勝手にキスするくせに、たまに子どもっぽくなってワガママを言う。でも、大きな『おれ様』が甘えるしぐさは、大型犬のようだ。

「ぼくから…してもいい？」

「ああ、いいぜ」

膝の上で身体《からだ》を回すと、慎一が笑いながら頷いた。色気のある瞳《ひとみ》に見つめられると、条件反射のように頬が熱くなる。

「恥《は》ずかしいから、目を閉じてください」

顔を両手で包むと、嬉しそうに目を閉じてくれた彼に、内心ジタバタするほど照れくさくなった。精悍《せいかん》な男前なのに、このかわいいところが大好きだ。

自分の熱い頬を彼に擦《こす》りつけて、そっと唇を重ねた。

遠慮《えんりょ》がちに舌をさし込むと、彼の舌が迎《むか》えてくれる。互いに軽く舌を絡《から》めてうっとりとキスを交《か》わしたあと、離れようとしたぼくの頭を大きな手が引き戻した。

「あの…慎…ッ」

言いかけた唇を塞《ふさ》がれ、音をたてて舌を吸われると、ぼくの舌の根元がじいんと痺《しび》れた。

「…ふ…んんッ」

慎一の口づけは…たまらなく感じる…けど…、

「ご、ごめんなさい、ごはん作ってきます！」

「こらっ、ちょっと待て！」

ドラフターに押し倒されそうになったとき、ぼくは彼の腕からダッシュで逃《に》げ出した。

「…ったくおれの奥さん、行動が意外でおもしれーよ」

昼食のパスタを口に運びながら、慎一がくすくす笑う。

「すいません…お腹減っちゃって」

彼の作ってくれたコンソメスープを飲み終えて、ぼくは冷や汗《あせ》を拭《ぬぐ》ってしまった。

だって、あのままおとなしくしていたら、慎一に最後の項目《こうもく》までやられてしまう。

空腹でお腹が鳴っているとき、それはあまりに恥ずかしかったのだ。

彼が料理を手伝ってくれたので、ぼくはパスタを茹《ゆ》でてサラダを盛りつけたくらいだ。最初はぼくが彼に料理を教えていたのに、要領がわかってくると慎一の方が手際《てぎわ》がいい。

しかも絵描きのセンスで盛りつけると、たいしたことのない料理でも、フレンチのコース並みの豪華《ごうか》さになる。

「慎一の料理っておいしいですね」

お腹がふくれてくると、やっと落ち着いてきた。

「まあ、おれの味付けはレシピ通りだからな〜。おまえの方が、よっぽど味覚のセンスはあると思うぞ。何か食べに行くと味を覚えて作れるしな」

「適当ですけどね〜」

褒《ほ》めてくれた彼に笑って答えたとき、慎一のサラダを見てぎょっとする。

「それ、マヨネーズかけすぎですよ〜!」

サラダにかけた量が、ハンパじゃない。慎一はマヨネーズが大好きで、業務用の大きなボトルを、ひとりで一週間で使い切ってしまう。

外見がクールで大人なのに、好きなメニューも、カレーライスやハンバーグなのだ。

「も〜っ、今度からぼくがかけて出します」

ちょっとお兄さんな口調で言うと、彼がふふんと笑う。

「だったらおれも、おまえのトーストに苺《いちご》ジャムを塗《ぬ》ってやるよ」

「あっ、それは自分でします…」

意味深に言った慎一に、ぼくは赤くなって掌《てのひら》を向けた。

「おまえ好物の苺ジャムだけは、二回で一瓶《ひとびん》使い切る勢いだもんな。初めて見たとき、うおっ大丈夫《だいじょうぶ》かって思ったぜ。『ちょっと厚塗り』くらいじゃダメなのか？」

「すみません～」

ぼくも慎一のマヨネーズを取り上げる資格はなかった。好きな銘柄《めいがら》の苺ジャムだけは、トーストにどっさりかけないと気が済まないのだ。

「まあ、ジャム食ってるときのひかるも、おれは幸せそうで好きだけどな～」

そう言いながら、彼もマヨネーズに浸《ひた》ったサラダを幸せそうに食べていて、まあいいかと思ってしまった。

生きてきた環境《かんきょう》が違うと、嗜好《しこう》も価値観もそれぞれだ。互《たが》いに文句を言いながら、譲歩《じょうほ》もしていて、ぼくらはけっこう楽しく生活している。

「ひかる、ちょっといいか？」

「はいっ」

アトリエから呼ばれて、ぼくはいれたてのコーヒーを持っていった。

「おまえは、この中でどこがいい？」

「え…？」

彼のデスクに海外旅行のパンフレットが並んでいて、ぼくは目を見開いた。

「慎一、また海外に仕事に行くの？」

「ばかっ、おまえとのプライベートな旅行だよ。ふたりでスケジュールを合わせて、十日くらいのプランを立てようぜ」

「うん…」

ぼくの肩を抱いて優《やさ》しく言った彼に、なんだか信じられない気分で頷いた。

「慎一と海外なんて初めて…っていうか、ぼく海外に行ったことない」

「そ、そうなのかっ!?」

やっぱり、びっくりされてしまった。

「だって、修学旅行は沖縄どまりだったし、大学のときは、ぼくバイトと投稿《とうこう》に明け暮れてたんですよ～」

ぼくは赤くなって説明した。中学・高校で九州と沖縄に行ったので、飛行機も国内線には二回乗ったことがある。

ホテルのレストランや料亭《りょうてい》で食事をする機会が多くて、最近は感覚がマヒしているけど、ぼくが慎一に出会う前は自炊《じすい》だったので、ファミレスさえろくに行かなかった気がする。

でも、彼と恋人《こいびと》同士になって一気に生活水準が上がっても、庶民《しょみん》のぼくは節約を心がけていたりする。

「じゃあ、おれと行く今度のが『初』なのか？　よし、希望があったらなんでも言えよ。代理店に豪華なプランを組ませるからな。ヘリコプターで夜景を見るとか、セスナやクルーザーをチャーターしてもいいよな」

「いえ、そんなに豪華じゃなくても…、行きたかった場所がいっぱいあるから、ネットとかでも調べて、ちょっと悩《なや》んでいいですか？」

「ああ、一週間くらいで教えてくれ」

コーヒーを飲みながら、彼はきげんよく答えてくれる。

「前におれが、おまえの誕生日に企画《きかく》してたプランも捨てがたかったんだが、じゅんに話したら『ひかるが実家に帰っていいのね』って言われたしな。おれ的にはロマンチックな場所だと思ったんだがなぁ」

「い、いったい、どんなプランなんですか？」

怪訝《けげん》そうに尋《たず》ねたぼくに、彼はぽりぽりと頭を掻《か》いた。

「到着《とうちゃく》までおまえを眠《ねむ》らせておいて、目が覚めたら、そこはいきなりアラスカなんだ！　驚《おどろ》くだろっ？　犬ぞりでアラスカ横断&オーロラの旅だぜ」

「…オーロラも犬ぞりもOKだけど、眠らせて連れてかないでくださいよ〜っ」

聞いたとたん、じゅん先生、止めてくれてありがとうと思ってしまった。

気分を変えて手に取ったパンフレットの写真は、白い砂浜《すなはま》とエメラルドグリーンの透《す》き通った海や、歴史のありそうな中世の城、ヨーロッパの街並み、好奇心《こうきしん》を刺激《しげき》する古代遺跡《いせき》といった、どれも気持ちが飛んでいきそうな魅惑《みわく》的な風景だった。

行ったことのない外国を、慎一とふたりで歩くのを想像しただけで、気分が高揚《こうよう》してくる。

外国では、ぼくらが堂々と手をつなげる場所だってあるかもしれない。

「なんだか、新婚《しんこん》旅行みたいですねっ」

「そうだな」

興奮して見上げると、彼が目を細めて頷《うなず》いてくれた。

「英語圏《けん》なら、おれ多少は話せるぞ。安全な場所にしか行かないつもりだけど、どこに行ってもおまえは『男』に気をつけろ。旅行中は、おれだけを見てるんだぞ」

「はいっ、慎一にべったりくっついてます」

ちょっと厳しく念押しした彼に、ぼくは笑いながらくっついた。

「おいっ、ホントに嬉《うれ》しそうだな〜。頬《ほお》が上気してるし、やけに可愛《かわい》く甘えるし」

彼の腕《うで》を抱《だ》いているぼくを、慎一がおもしろそうに見下ろしている。

「旅行の他《ほか》にも、何か欲しいものや、したいことがあったら、どんどんワガママ言っていいぞ」

そう言ってくれる彼に、ぼくは少し考えてしまった。

ぼくはあまり欲がないと慎一に言われる。物質的にも満たされていて、彼がいるいま精神的にも安定している。

「慎一が一緒《いっしょ》にいてくれること」

考えたあげく、ぼくは人さし指を立ててそう答えた。

「いや、嬉しいけど、そういうんじゃなくて…。相変わらず、おまえって物欲がないよな～」

「そうかなぁ、いちばん贅沢《ぜいたく》で欲張りな答えだと思うけど」

慎一にはいつもがっかりされるけど、ぼくにはそれでじゅうぶんだ。

でも…じつは、ひとつだけ彼からもらいたい物がある。

それは、買ってほしいモノとは、ちょっと違《ちが》う。

なくても、べつにかまわないけど、もらえたら嬉しい。

ぼくらは男同士で結婚できないので、ぼくはなんとなくそれが欲しくなっただけだ。

込《つ》んだ。

◇◆◇

二月の初め、ぼくらは午前八時に部屋を出て、旅行用のスーツケースを車のトランクに詰《つ》め込んだ。

「忘れ物はないか？」

「はいっ、指さし確認《かくにん》してきました」

車に乗り込んで聞いた彼に、ぼくは大きく手を上げて答えた。

ぼくの胸には真新しいパスポートが入っている。慎一に言われてすぐに申請《しんせい》し、二日前に受け取ることができた。

きのうまで仕事をしながら旅行の準備をして、あいまにガイドブックを眺《なが》めて観光ルートを考えていたら、二週間はアッというまに過ぎていた。

今日の彼は、アーミーグリーンのジャケットに、ジーンズというラフな格好だ。ぼくもオリーブ色のシャツに、グリーンのざっくり編みのセーターを着ている。

後ろの座席にコートを置いてあるけど、ぼくらはメキシコに行くので、真冬のコートやジャケット類は空港に預けて飛行機に乗る予定だ。

「いい天気だ、遠足日和《びより》だな」

「…違います、海外旅行です」

車が走り出したとき慎一にそう言われて、ぼくは恥《は》ずかしい気分で呟《つぶや》いた。

三日くらい雨が降り続いてたので、昨日《きのう》てるてる坊主《ぼうず》を作ったのだ。そんなものを作ったのは子どものとき以来だけど、おかげでいい天気になってくれた。ビルの間から見える空は透《す》き通るようなブルーだ。雨上がりの街は空気が澄《す》んでいて、太陽を反射したビル群がまぶしく輝《かがや》いている。

「慎一、打ち合わせは何時くらいに終わりそう？」

ちらっと車内の時計を眺めた彼に、ぼくは心配になって聞いてみた。

今日は、これから慎一のエージェントとホテルで打ち合わせをして、ぼくらはそのまま成田に向かう予定だ。

「飛行機の時間に間に合うように終わるさ」

「フライトは四時くらいですよね。海外に行くときって、三時間くらい前に空港に入るんじゃないの？」

「いや、そこまで早くない…。まあ、とりあえず落ち着けよ」

彼はなだめるように、ぼくの頭をぽんとはたいた。

ぼくは今回、旅行先にメキシコのユカタン半島にあるカンクンを選んだ。パンフレットの海が澄んだカリビアンブルーで、自分の目で美しいラグーンを見てみたかったからだ。

チチェンイッツァが有名だけど、マヤ文明の遺跡《いせき》をいくつか訪ねてみたい。コスメルでドルフィンダイブ（二頭《にとう》のイルカが足を押して泳がせてくれる）や、体験ダイビングもしてみたい…と、どんどん期待はふくらむいっぽうだ。

「でも、初めての海外旅行でファーストクラスなんて興奮するな～」

「ヒューストンまでは、ビジネスファーストしかなかったけどな。そこからカンクンまではファーストになるよ」

「空港内に専用のラウンジもあるんですよね？　どんな感じなんですか？」

「どんなって…軽食やドリンク・サービスと、新聞や雑誌くらいはあったかな」

信号待ちでハンドルに手を置くと、慎一が答える。

「ファーストの機内食って、やっぱり違います？」

「ん～機内食かぁ…っておいっ、おれに聞かなくても、このあと全部わかるだろ？　ったく、おまえ、ホントに遠足前の子どもみたいだな～」

「すみません、なんだかすっごくドキドキしちゃって」

赤くなって胸を押さえたぼくに、慎一が楽しそうに苦笑《くしょう》した。

「まあ、たくさん期待しておけよ。おまえが想像してる以上に、エキサイティングなことが待ってるかもしれないからな」

「はいっ」

元気に答えたぼくに、慎一が吹《ふ》き出しそうな表情《かお》をしていた。


八時半にホテルに着くと、エレベーターで上層階に上がっていく。

だいたい打ち合わせのときは、エージェントがいい部屋を取ってくれるのだ。

「こんなに早い時間に打ち合わせって、初めてですよね？」

「まあな、こっちの都合に合わせてもらった。今回はふたりで行く初の海外旅行だからな」

「うんっ」

ぼくが大きく頷《うなず》くと、慎一がぼくの顎《あご》を軽く持ち上げた。

「おまえ、いちいち可愛いよな～。うん、今日は肌《はだ》にも髪《かみ》にも艶《つや》があるし、目もきらきらしてる。元気な証拠《しょうこ》だ」

部屋の前で、ペットの毛づやをチェックするように、ぼくの顔を左右に向けている。

「ＯＫ、これならパーフェクトだ」

「はい？」

ぼくが首をかしげると、彼は満足そうに部屋のドアを開けた。

「じゃっ、こいつをよろしく」

中に声をかけると、彼はぼくだけ部屋に押し込んでドアを閉じてしまった。

「ちょっ…慎一っ、打ち合わせはどうするんですかっ⁉」

「ひかる、いらっしゃーい♡」

焦《あせ》ってドアに手を掛《か》けたとき、ふいに耳元で囁《ささや》かれてビクッと肩《かた》が跳《は》ね上がる。

「どっ、どうして…じゅん先生がここにっ？？？」

おそるおそる振《ふ》り返ると、見覚えのある赤いドレスを着た彼女がにっこり笑っていた。

「うふんっ、どうしてかしらね～？　みんな、ひかるが着いたわよ～っ！」

「は〰〰〰い♡」

「え？　えっ？」

呼ばれて出てきたのは、彼女のアシスタントのエーちゃんとシーちゃんだ。

「さっ、ひかる、まずは服をぜんぶ脱《ぬ》いで裸《はだか》になってもらうわ」

「えええ〰〰〰っ⁉」

笑っている三人にじわじわ詰め寄られて、ぼくはドアまで後退《あとじさ》ってしまった。

「さあみんなっ、ひかるをやっておしまい！」

ビシッとぼくに指を突《つ》きつけた彼女は、ぼくの小説に出てくる暴走キャラ、ドーラ女王様そのものだ。でも、作者のぼくでさえ暴走した彼女の止め方は知らない。

扉《とびら》が左右に開かれたとき、一瞬《いっしゅん》まぶしい光に包まれてぼくは目を瞬《しばた》いた。

——えっ、お祝いのパーティなんじゃないの……？

いきなり連れて来られたホテルのチャペルは、正面の高窓がステンドグラスになっていて、かなり厳粛《げんしゅく》な雰囲気《ふんいき》だった。

内緒《ないしょ》で披露宴を企画《きかく》していたことを、さっきじゅん先生から初めて聞いた。親しい人達だけ集めて、ぼくらを旅行に送り出してくれると聞いて来たのだ。

ぼくはさっき、じゅん先生達にムリヤリ着替《きが》えさせられて、白のタキシード姿だった。上衣の襟《えり》や袖《そで》には華やかな銀のビーズ飾りが入っていて、白い手袋《てぶくろ》に白バラのブーケまで持たされている。

ぼくの足元に敷《し》かれた真っ赤なじゅうたんが奥まで伸《の》びていて、その先に黒のタキシードを着て立っている慎一が見える。

ついさっきまで、あんなに恥ずかしくてたまらなかったのに…ぼくに優《やさ》しく微笑《ほほえ》んでいる彼を見たとたん、ふいに胸がいっぱいになった。

「さっ、行くわよ、ひかる」

「あ…、はいっ」

じゅん先生に肘《ひじ》を差し出されて、ぼくは笑いながら彼女と腕《うで》を組んで歩き出す。

赤いドレスの彼女は、バージンロードをエスコートする父親役なのだそうだ。そんなおかしい演出にも、少しだけ目が潤《うる》む。

脇《わき》にあるグランドピアノから、美しいメロディが流れてくる。

演奏しているのは、『ミッドナイトバード』の怜司《れいじ》さんで、目が合うと彼はまぶしそうな笑《え》みを浮《う》かべて頷いてくれた。MBのメンバーや、慎一の友人のマンガ家やデザイナー。ぜんぶで三十人くらいの列席者は、みんな顔を知っている人達ばかりだ。一番驚《おどろ》いたのは、松村《まつむら》が参列していたことだった。

カメラマンの福山《ふくやま》さんは、タキシード姿でカメラを構えてぼくに手を振っている。

温かい拍手《はくしゅ》の中を、慎一に向かって歩きながら、ぼくはかなり感動していて…胸の奥から熱いものがこみ上げてきた。

「はい慎一、奥さんを渡《わた》すわよ」

「ああ、たしかに受け取った」

彼女がぼくの手を差し出すと、彼が掌《てのひら》で受け止めてくれる。

「…ひかる、きれいだぞ」

「…慎一、いきなりこんなのって…驚くじゃ…ないですか」

愛《いと》しそうに見つめられて、何か言いたいのに喉《のど》が詰《つ》まってしまう。

「だってこんなの…、まるで本当の結婚式《けっこんしき》みたいだ…」

「みたいじゃなくて、今日はおれ達の結婚式なんだよ」

そう言った彼に、ぼくは笑顔で答えようとして、うまくいかなかった。

海外旅行のプランを聞いたとき、ハネムーン気分で嬉《うれ》しかったけど、こんなふうに温かい祝福をもらって慎一と式を挙げたりなんて、最初からあきらめていたことなのだ。

「泣くなよ、おれが見えなくなるだろ」

「はい…」

自分のハンカチで目元を拭《ぬぐ》ってくれる彼に、がんばって笑顔で答えた。

「本日は私、富田じゅんが、風見慎一・月充ひかる両名の人前《じんぜん》結婚式の進行を担当させていただきます」

ぼくらの前にある祭壇《さいだん》の向こうに立って、じゅん先生が恭《うやうや》しく参列者に頭を下げる。

心地《ここち》好い緊張《きんちょう》がホールを満たし、ぼくも気を引き締《し》めて彼と一緒に黙礼《もくれい》した。

静かに顔を上げた彼女は、ぼくらを交互《こうご》に見つめて、ゆっくりと口を開いた。

「それでは慎一に尋《たず》ねます。あなたはここにいる『月充ひかる』を伴侶《はんりょ》とし、生涯《しょうがい》変わらない愛を誓《ちか》いますか？」

「はい、誓いますっ」

宣誓するように顔の横に掌を掲げて答えると、真摯な低い声がホールに響いて、ぼくの胸を熱く震《ふる》わせた。男らしくタキシードの胸を張っている彼の姿に、ほうっと感動の息が漏《も》れる。

「では、ひかる、あなたはここにいる『風見慎一』を伴侶とし、生涯変わらない愛を誓いますか？」

「はいっ、誓います」

掌を向けてまじめに宣誓し、顔を上げて誇《ほこ》らしい口調で答えた。

「よろしい、では指輪の交換《こうかん》と、誓いのキスを」

「ええっ、指輪!?」

結婚式のように祝ってもらって嬉しいけど、ぼくらは指輪まで用意していない。

「はい慎一、預かってたモノよ」

「これは…？」

白いケースを祭壇の上に置いた彼女に、ぼくは目を瞬いた。

「去年、ニューヨークのジュエリーデザイナーに頼《たの》んだんだ。半年も待たされた」

「あたしが取材旅行に行ったとき受け取ってきたの、ひかるに内緒だから今日まで預かってたのよ」

じゅん先生が楽しそうに人さし指を立てた。

「そんな…」

彼がケースの蓋《ふた》を開けると、白いビロードの上に、美しい光沢《こうたく》を放つふたつのプラチナリングが並んでいる。ライトに煌《きら》めいて、それは夢のように輝《かがや》いていた。

「これは、おれの所有の証《あかし》だ。一度はめたら、おまえはもう一生おれのものだぞ」

「はい」

リングを手に取って笑顔でまじめに念押しした彼に、ぼくは掠《かす》れた声でしっかりと答えた。

彼は大切そうにぼくの手を持ち上げると、白い手袋を外して、そっと薬指にリングをはめてくれる。サイズを測ったこともないのに、指に吸いつくようにリングがおさまった。

何もかも…、信じられない気分だった。

ぼくが、ゆいいつ慎一にもらいたかった物《リング》が……、いま自分の指で輝いている。

べつに、なくても平気だと思っていた。

どうしても欲しいわけじゃない、あれば嬉しいかな…くらいに思っていた。

だって、男同士でペアリングをするのは、『愛の証』だけじゃない。自分達が愛し合っていることを証《あか》して、世間に立ち向かう覚悟《かくご》が必要だからだ。

「リングをするのは恥《は》ずかしいか？　でもおれは、ひかるを自分のモノだって、周りのヤツに主張したいんだよ」

「恥ずかしくないっ、すごく…嬉しいんです！」

ぼくは手袋で涙《なみだ》を拭《ふ》くと、彼になんとか笑って答えた。

「これでもう、慎一は一生ぼくのものですからね」

「ああ、もちろんっ」

ぼくが慎一の薬指にリングをはめたとき、彼は自分のリングを見つめて、本当に幸せそうな表情で答えてくれる。

永遠の愛を誓うには、リングはとても小さくて頼《たよ》りないものだ。けど、それを相手に贈《おく》るとき、その小さな輪の中に、きっと相手への温かい愛情が宿るのだと思う。

互《たが》いの名前を刻印したリングをはめたいま、ぼくらは覚悟を決めて、よりいっそう強い絆《きずな》で結ばれたのだ。

「ひかる、大丈夫《だいじょうぶ》か？」

「ごめん、嬉しい…だけだから」

慎一に心配されるくらい、熱い涙がぽろぽろと溢《あふ》れてきた。

ぼくは、たぶんいま…胸の裡《なか》でものすごく安心できたんだと思う。

彼と引き離《はな》されるという怖《こわ》い目に遭《あ》って、父に怒鳴《どな》られて反対されて…、そんな苦しかった思い出が胸にいっぱい溢れてきて、なんだか止まらない。

慎一がぼくを抱《だ》き寄せてくれたとき、ふいに厳粛《げんしゅく》なホールに、にぎやかなファンファーレが響き渡った。

「ごめ〜ん、あたしのケイタイ！」

いきなり元の口調に戻《もど》った彼女に、ぼくはずるっとコケそうになった。

「あ、はいっ、わかりました。…いえ本当に、ありがとうございます」

「じゅん、おまえ…こんなときにケイタイはないだろっ!?」

背後で参列者がし〜んとしている中、ハイテンションで電話している彼女に、慎一がばりばりと頭を掻《か》いた。

「大丈夫よ〜、すぐ済むわ」

「そういう問題じゃねーよっ」

さっきまで真顔でやり取りをしていたのに、すっかり姉弟《きょうだい》に戻っているふたりに、ぼくは少し笑ってしまった。

「まあまあ慎一、じつはふたりに、あたしからの贈り物《プレゼント》があるの」

「なんだよ?」

「はい、ひかるに電話よ」

彼女は話していた携帯《けいたい》電話を、そのままぼくに差し出した。

「え？　ぼくですか？」

首をかしげてケイタイを耳に当てると、電話の向こうがざわざわしている。

「あの…、もしもし…」

不安な気分で声を出すと、受話器の向こうがハッと息を呑《の》んだ。聞き覚えのある息づかい…。

「父さん…？」

ぼくが小声で聞いたとき、いきなり何かを落としたような激しい音がして、電話の向こうがあわただしくなった。

「父さんですよねっ!?」

『お兄ちゃん、光《ひかる》、お母さんよ。元気にしてた？　お父さんね、ひかるが出たらあわてちゃって受話器を落としちゃったの。いま横で真っ赤になってるわ』

『智子！　よけいなことは言わんでいいっ』

父の怒鳴り声が聞こえてくる。

『お母さんね、「お兄ちゃんが決めたんだから、もうあきらめなさい」って、お父さんを説得したのよ。だってひかるは、小さい頃《ころ》から一番聞き分けがよかったけど、自分で決めたことは絶対折れないガンコ者だったもんねぇ。お父さんと似てるんだから、反対してもムダでしょうって…あ、お父さんっ！』

「どっ、どうしたの？」

電話の向こうが静かになって、ぼくは耳を澄《す》ました。

『ひかる…』

「はい」

耳元で掠れた父の声が聞こえて、ぼくは渇《かわ》いた喉《のど》に無理やり唾《つば》をのみ込んだ。

なかなか喋《しゃべ》ってくれない父に、緊張《きんちょう》して心臓がバクバク音をたてている。

『…男と一緒《いっしょ》になったために、おまえはこれから一生苦労するハメになったんだぞ』

「はい」

厳しい父の言葉に、ぼくは静かに息を吸い込んだ。こんな場所で父に叱責《しっせき》されると、悲しくなってくる。

『私が止めても、勝手に決めたのはおまえだ。世間の奴《やつ》らは、いくらおまえ達が本気だと言っても、そうそう認めてはくれん』

「わかっています」

感情的にならないように、我慢《がまん》しながら答えた。

でも…、父さんはぼくらをまったく認めてくれなかったけど、ここにいる人達は少なくとも、ぼくらを祝福してくれたんだ…！

『ひかる、風見さんに替《か》わりなさい』

「父さんっ、もう慎一にひどいこと言わないで…」

ぼくが声をあげかけたとき、慎一がぼくの手からケイタイを取り上げた。

「慎一、切っていいですから」

そう言うと、彼は掌《てのひら》でぼくを押し止《とど》めた。

「お父さん、風見です」

彼はそう言ってから、これから告げられる言葉を、緊張した面持《おもも》ちで待っている。

ぼくは息苦しい気分で、自分のタキシードの胸を摑《つか》んでいた。

――もう認めてくれなくてもいい…、だから慎一を責めないで……。

手袋《てぶくろ》で口を押さえて、ぼくは涙の溜《た》まった目で彼を見つめていた。

せっかく、じゅん先生やみんなが、ぼくらのために結婚式《けっこんしき》をしてくれたのに、自分の父のせいで台無しになるなんて…。

重苦しい沈黙《ちんもく》のあと、慎一の表情が変化して、ぼくは目を瞠《みは》った。

「お父さん…」

彼は口を開きかけ、何か言おうとして、つらそうに掌で両目を押さえる。

――慎一………っ!?

彼の掌の隙間《すきま》から頰《ほお》を伝った涙に、ぼくはハッとした。

「…ありがとうございます」

詰《つ》まった喉から声を絞《しぼ》り出すように、彼は父にお礼を言っている。大きく深呼吸して唾をのみ込むと、彼の喉仏がゆっくりと上下した。

「一生…、ひかるを大切にします」

精一杯《せいいっぱい》で言った彼の声が低く掠《かす》れていて、ぼくはどうしていいかわからないまま、彼を見つめていた。

顔を覆《おお》っている指の隙間《すきま》から、切れ長な目に涙《なみだ》が滲《にじ》んでいるのが見える。目が合ったとき、幸せそうな微笑《ほほえ》みを浮《う》かべた彼は、親に褒《ほ》められた子どものような表情《かお》をしていた。

指で軽く顔を拭《ぬぐ》うと、彼は心配そうなぼくに頷《うなず》いてケイタイを差し出す。

「あの…父さん？　慎一になんて言ったの？」

少し緊張《きんちょう》して話しかけたとき、父はひどく聞きづらい声でぼそぼそと話し、ぼくの返事も待たずに電話を切ってしまった。

プープーと鳴り続けるスピーカーを耳に当てたまま、ぼくは目を閉じていまの父の言葉を思い出していた。

『男同士で結婚《けっこん》すれば、息子《むすこ》は一生苦労を背負うことになる。つらい扱《あつか》いを受けることだってあるだろう。だから風見さん、あんたとひかるが困ったときは、私ら家族だけは、ふたりの味方になってやらんといかんと思ってる』

さっき慎一が見せた涙のわけが、よくわかった……。

怒《おこ》った口調で言いながらも、いま父は慎一を許して受け入れてくれたのだ。

「ひかるのお父さんに感謝する」

そう言った彼の笑顔《えがお》が本当に嬉《うれ》しそうで、ぼくの胸はお湯を注がれたように温かくなった。

「ふたりとも、お父さんに認めてもらっておめでとうっ！」

じゅん先生が顔を輝《かがや》かせてガッツポーズを出した。

「おめでとう、風見っ！」

「風見、ひかるくん、幸せになれよーっ！」

友人達から祝福と激励《げきれい》の拍手《はくしゅ》をもらって、笑顔の彼と見つめ合ったとき、あらためて幸せの涙がこみ上げてきた。

◇

「ひかる、恥《は》ずかしかったら目を閉じてていいぞ」

「はい…」

誓いのキスのとき、甘く目を細めた彼にそう言われて、ぼくは緊張して頷いた。

ギャラリーの前で慎一とキスするなんて心臓に悪い。だけどこれは厳粛《げんしゅく》な儀式《ぎしき》で、けして恥ずかしがることじゃない…と思う。

目を閉じて顎《あご》を持ち上げられると、じわっと頬《ほお》が熱くなった。考えてみたら、ぼくの視界が暗くなっても、参列者には見えているので早く終わってほしい。

「慎一…」

彼の息が触《ふ》れたとき、ぼくはお願いするようにそっと呟《つぶや》いた。

つんと軽くキスすると舌先に唇《くちびる》の隙間をつつかれて、〝は…〟と息が漏《も》れる。開いた唇から舌がすべり込んできて、緊張していたぼくの舌をやんわりと搦《から》め捕《と》る。

なめらかな舌を絡《から》めながら、彼に唇を優《やさ》しく吸われると、危機感を覚えるくらい頭の芯《しん》が甘く痺《しび》れてしまう。

目を閉じているので、感覚が狂って頭がぐるぐるしてくる。でも、儀式のキスで…しかもみんなの目の前で、感じるなんて絶対にマズイ……。

——…誓《ちか》いのキスって…いったい何分なんだよ…⁉

慎一の舌技《ぜつぎ》に必死で耐《た》えながら、ぼくは彼のタキシードの胸をきつく摑《つか》んでいた。いつの間にか膝《ひざ》ががくがく震《ふる》えてきて、彼の手がぼくの背中を支えている。

「…っ…しん…ち…もぅ…」

唇の隙間から、ぼくは微《かす》かな喘《あえ》ぎを漏らした。

誓うためのキスなんだから逃《に》げるわけにはいかないけど、これ以上感じすぎるとだめだ……。

「…ぉ…ねがい……」

息が弾《はず》んで、身体《からだ》が熱っぽく疼《うず》いてしまう。

やっと唇が離《はな》れたとき、ぼくはぐったりと彼の胸にもたれて「…はぁ」と安堵《あんど》の吐息《といき》を漏らした。

「可愛《かわい》かったぜ」

「…ん」

頭がふらふらしていて、髪《かみ》を撫《な》でてくれる指が心地《ここち》好《よ》い。

「ちくしょう、やりすぎだぞ風見ィ～っ！」

後ろから声が聞こえて、ぽ～っとしていたぼくはあわてて顔を上げた。

「文句があるのか、誓いのキスだぜ」

ぼくの肩《かた》を抱《だ》き寄せて、慎一は顎を持ち上げて笑う。

「あんなエロい誓いのキスがあるかよ」

「風見のばかっ、スケベオヤジーっ」

「うるせーっ！　キスとセックスの長さは、愛情の深さなんだっ！」

――し、慎一、恥ずかしい………。

周りのブーイングにエラソウに言い返す彼に、ぼくは赤くなってうつむいてしまった。

◇

「では、お集まりのみなさま、これより『風見慎一・月充ひかる』両名の結婚披露宴《ひろうえん》をとり行いたいと思います。司会は私、松村直樹《なおき》がふつつかながら担当させていただきます」

用意された壇上《だんじょう》で、スーツの松村がマイクを持ってあいさつする。

「なお、この披露宴は富田じゅん先生のお許しで無礼講となっておりますので、新郎《しんろう》新婦に言い残したことがあれば、いまが最後のチャンスです！」

にっこり笑って人さし指を立てた松村に、会場から笑いと拍手がおこった。

この松村とは今までいろんなことがあったけど、今日ぼくらのために司会まで務めてくれるとは思わなかった。

「なお今回、司会およびホールをセッティングしたのは、あくまで『僕の愛するひかるくん』のためです。ここで風見先生にあらためて宣言します。たとえ結婚しても、僕はひかるくんをあきらめませんから、よろしくっ！」

目が合ったときそう言った松村に、ぼくは目を瞬《またた》いた。

「いいぞー司会者！」

「もっと言ってやれ～！」

しょっぱなからジョークっぽく爆弾《ばくだん》発言をかます松村に、ホールがどっと盛り上がる。

「うるせーよ松村」

「まあまあ慎一、無礼講だから」

〝けっ〟という顔の慎一を、ぼくは笑ってなだめた。

ぼくらの挨拶《あいさつ》と乾杯《かんぱい》のあと、すぐに歓談《かんだん》タイムになった。会場は立食パーティ形式で、いくつかのテーブルがあり、料理の皿やドリンクを持って友人が次々とテーブルに来てくれた。

「オレのひかるく～ん♡」

慎一を押しのけて、真柴《ましば》さんがガシッと抱きついてくる。

彼は週刊少年誌で連載《れんさい》している売れっ子マンガ家、真柴恭介《きょうすけ》さんだ。

「ひでーよ、ひかるくん。風見なんてやめてオレんとこに嫁《よめ》に来てくれよぅ。オレのために、メシを作ってくれるって約束したじゃないか？」

「はいっ、修羅場《しゅらば》のときはまたお手伝いに行きますね」

彼の背中をはたきながら、ぼくは笑って答えた。

以前、真柴さんが高熱で倒《たお》れそうなとき、慎一と一緒《いっしょ》にアシストに入ったことがある。ぼくは絵を描《か》けないので、みんなの食事を担当したのだ。

「真柴、ひかるにベタベタするな。ひかるが汚《よご》れる」

「あ、あんまりだあっ、ひかるく～ん」

引き離そうとすると、ますます抱きつくので、慎一があきれている。

真柴さんはうっかり発言が多くて恐《こわ》いモノ知らずな人だけど、慎一は彼に対してけっこう寛《かん》容《よう》だ。これだけベタベタしても、真柴さんは『絶対ライバルにならない男』として慎一に認《にん》知《ち》されている。でも、ふたりが和気あいあいと喋《しゃべ》っているのを見ると、真柴さんて本当は慎一にかまってもらいたくて、ぼくに抱きつくのかもしれないと思ったりもする。

「ひかるくん、僕も彼みたいに抱擁《ハグ》させてください」

慎一が他の人と喋っているとき、松村が愛想《あいそ》のいい表情でぼくの肩を抱き寄せた。

「ひかるくん、俺も…いいですか？」

「えっ、それはちょっと…並ばないでくださいっ」

なぜだか松村の後ろについている中尾《なかお》怜司さんに、ぼくは大きく手を振《ふ》った。彼はぼくの友人で、メジャーで活躍《かつやく》中のロックバンド『ミッドナイトバード』のボーカルだ。

「じゃあ、せっかくだからオレ達も～っ！」

「許すわけねーだろ、こいつはおれのだぞ！」

急いで戻《もど》ってきた慎一が、ぶりぶり怒って解散させていた。

「はいっ、それでは無礼講ということで、ここでみなさんに短いスピーチをいただきましょう。まずは僕からひかるくんへ、風見先生に飽《あ》きたさいには、ぜひこの松村直樹をご指名ください。電話一本即《そく》参上、お待たせしません！」

――ご用命は今すぐ当社まで！　のフレーズで喋る松村に周りが爆笑《ばくしょう》している。

会場内を回ってインタビュー形式でマイクを差し出す松村に、友人達も楽しいスピーチをくれた。

「あー風見～、ひかるくんて可愛いよなー」

「奥さん、今度一緒に飲もうな～！」

「ちぇ、オレも結婚《けっこん》してーや」

「風見、たまにはツーリングに行こうぜ」

いきなりマイクを向けられるので、みんなその場で思ったことを口にする。

「おいっ、おまえら誰《だれ》も、おめでとうの一言もないのかよ!?」

ろくでもないコメントに、慎一が楽しそうに文句をつけていた。もともと友人ばかりなので、すっかり気安いムードだ。式のときの厳粛な沈黙《ちんもく》は、じゅん先生に『騒《さわ》がないのよ！』と念押しされていたためらしい。

「…あの、風見先生…。結婚しても、ひかるくんの友達としてお付き合いさせてください」

スピーチを終えたあと、怜司さんがもう一度ぼくの所に来てくれた。

今日の彼はいつもの革《かわ》ジャンではなく、落ち着いたダークスーツで、慎一と張る長身なので、かなり似合っている。

「あらためて、これからも…俺と付き合ってください」

「ぼくの方こそ、よろしくお願いします！」

差し出された手を握《にぎ》って、ぼくは笑顔《えがお》でお礼を言った。

ライブで歌っているときの彼は、大観衆を熱狂《ねっきょう》させる野性味のあるハンサムだ。でもマイクを持っていないときの怜司さんは、遠慮《えんりょ》がちで押しが弱く、ぼくでさえ『怜司さん、悪い人に騙《だま》されないといいなぁ』と心配になってしまう純朴《じゅんぼく》な人なのだ。

「ひかるくん…こ、これからも風見先生と…お幸せに…」

怜司さんは少し潤《うる》んだ瞳《ひとみ》で、ぼくの手を強く握りながら言った。

「泣くなよ怜司、おまえにはオレがいるじゃん」

「タニ、泣いてないからっ」

リードギターのタニちゃんこと谷崎《たにざき》さんに励《はげ》まされて、怜司さんが真っ赤になって言い返す。

明るい茶髪《ちゃぱつ》の谷崎さんはぼくより一つ年上で、いつも元気で場を明るくしてくれる。ＭＢのアイドルでありムードメイカーだ。

怜司さんはぼくには敬語で話すのに、音楽仲間のタニちゃんとは気楽に喋っていて、ちょっとうらやましく眺《なが》めてしまった。

松村の紹介《しょうかい》で、じゅん先生が壇上《だんじょう》に上がったとき、ざわめいていた会場が静かになった。

「今日は、私の弟、慎一とひかるの記念すべき旅立ちの日です」

マイクの前で一番最初にそう言った彼女に、ぼくはハッとして姿勢を正した。

「弟とひかるが出会ってから今日まで、ふたりはいろいろな問題を乗り越《こ》えてきました。そして、ついさっき…ひかるのお父さまから、お許しをいただきました。相手の家族に受け入れてもらい、ひかるという大事な伴侶《はんりょ》を得て慎一は、ずっと欲しかった本当の家族を、やっと今日…手に入れることができたのです」

そこまで言うと、彼女はうつむいてハンカチで目を強く押さえた。

——…じゅん先生……。

その涙《なみだ》をこらえる仕草が慎一とよく似ていて、喉《のど》の奥が熱くなる。

「なあんて〜、あたしとしたことが、ちょっとうるっとしちゃったじゃないの」

パッと顔を上げた彼女が照れくさそうに笑っていて、静まり返っていた会場が、すぐに明るい雰囲気《ふんいき》に包まれた。さっきから慎一は、唇《くちびる》を結んだまま彼女の言葉に聞き入っていた。

「最後にひかるへ、姉としてお礼を言います。慎一の家族になってくれて、どうもありがとう。

とってもゴウマンで『おれ様』な弟だけど、どうかよろしくね」

「はいっ、喜んで！」

彼女のスピーチに、ぼくは会場でしっかり答えていた。


「じゅん、ありがとう」

戻ってきたじゅん先生に、慎一がきちんとお礼を言った。

「うん、大きな問題が解決してよかったわね。これで私もやっと安心できたわよ」

いつもの口調で話す彼女の目元には、さっきの涙の跡《あと》がうっすらと残っている。

じゅん先生は、ぼくの実家に連絡《れんらく》して、父に今日のことを知らせてくれたのだ。

まだ気持ちが落ち着いていないという父に、もしも、ふたりを許してくれる気持ちがあるのなら、今日の午前十一時にケイタイに電話をほしいと、頼《たの》みこんでくれた。だからケイタイのファンファーレが鳴ったとき、じゅん先生はあんなにも喜んだのだ。

あの電話が鳴った時点で、父はぼくらを許してくれていたんだ……。

「ひかるのオヤジさんなぁ、家族だけは最後まで味方だって言ってくれた…嬉《うれ》しかったよ」

前髪《まえがみ》をかき上げながら、彼はひどく照れくさそうな表情で呟《つぶや》いた。

あれだけ怒鳴《どな》られて、もうダメなんだと思っていたから、よけいに嬉しい。

「うん…これからは、ぼくが慎一の家族ですからねっ」

肩をくっつけて念押しすると、慎一が穏《おだ》やかに目を細めてくれる。

自分の家族の愛情を知らない彼に、これからはぬくもりや思いやりを、たくさんあげたい。

「ああ、よろしく奥さん」

彼は大切そうにぼくの左手を取ると、リングにそっと口づけた。


「さあっ、最後の記念撮影《さつえい》行くわよ〰〰〰！」

じゅん先生の元気なかけ声で、ぼくと慎一は最前列のイスに座らされた。カメラマンの福山さんが三脚《さんきゃく》を立て、みんなに細かい指示を出す。

顔を引き締《し》めて姿勢を正すと、何回かストロボが光ったあと、福山さんが手を上げた。

「うん、まじめなのは撮《と》ったから、みんなもっとリラックスしてくれよ。勝手に撮ってるから、その中で適当に動いていいからね」

友人の気安さで言ったとたん、周りがガタガタと動き出す。

「じゃあ、僕はここで」

隣《となり》に松村が座って、にこにこしながらぼくの手を取った。

「松村っ、ひかるの手を握るなっ！」

慎一がそう怒鳴ったとき、ぼくは左右同時に腕《うで》を引っぱられて腰《こし》が浮《う》いてしまった。

「こら、中尾てめーっ！　あっ、真柴バッカヤローッ！」

ぼくを隠《かく》すように胸に抱《だ》くと、慎一の声が大きくなっていく。

身体《からだ》の前でぼくを抱きしめてブロックしているのに、松村や真柴さんが勝手にぼくの手を持って行く。怜司さんも申し訳なさそうに、ぼくの肩に手を置いている。

「だあーっ！　おまえら、だめだっつってんだろっ！」

慎一の言葉がどんどん悪くなって、ぼくは彼の腕の中で振り回されながら、くすくす笑ってしまった。

だって、ぶりぶりしている慎一も、手を出してくる友人達もみんな顔が楽しそうなのだ。

「ずるいぞ風見ィ～！」

「こいつは、おれの所有物《モノ》なんだっ！」

彼がエラソウに胸を張って宣言すると、笑いと拍手とブーイングが巻き起こる。

不満そうな顔をしていた慎一も、しまいにこらえきれずに吹き出し、最後はみんな記念撮影中なのも忘れて大爆笑してしまった。

——エピローグ——


カンクン空港からホテルに着くまで、ぼくは本物のカリブ海に感動していた。

二月の東京は冷たい風《ふ》が吹いていたのに、成田から十数時間のフライトで、強烈《きょうれつ》な日射《ひざ》しが降り注ぐ真夏の楽園に立っている。

視界いっぱいに拡《ひろ》がる空と海は競《きそ》い合うようにどこまでも青く、波の静かなラグーンは、言葉では言い表せないくらい不思議なブルーだった。

タクシーの中で慎一とこれからの予定を話しながら、ぼくは今日から始まる常夏《とこなつ》の国でのバカンスに胸を躍《おど》らせていた。慎一と一緒《いっしょ》にイルカと泳いだり、マヤの遺跡《いせき》を巡《めぐ》ったり、ふたりでいろんな場所に出かけるのが嬉《うれ》しい。空港でもらったガイドマップを広げて興奮しているぼくを、彼は優《やさ》しい笑顔で見つめていた。それなのに…、

——…いったいどうして、こんなことに……?

「…慎一…」

「うん?」

ぼくが呼ぶと、彼は優しい笑顔で答えてくれる。

「外…出たい…」

彼はなだめるように言って、喘《あえ》いでいるぼくの唇《くちびる》に舌を這《は》わせた。

「まだ、だめだ」

「…だって、もう…三日目…は…んっ…ぁっあ…あッ…」

いきなり腰を動かした彼に、自分の唇から逃《に》げ出したいくらい甘い声が漏《も》れる。

ホテルに着いてから三日間、ぼくはエアコンの効いたこの部屋から一歩も出ていない…。

観光予定をいっぱい書き込んだガイドブックやパンフレットは、着いたとき窓際《まどぎわ》のテーブルに置いたままだ。

最初の一日は、彼が優しくてぼくの方が甘えてくっついていたのに、途中《とちゅう》から押し倒《たお》されて、そのあとはずっと慎一の好きなようにされている気がする。

「っ…や、だ……しん…ち…っ…」

彼が腰を打ちつけるたび、ベッドの上でぼくの身体が激しくせり上がっていく。

「誘《さそ》うような表情《かお》で、『いや』はないだろう？」

耳元で笑いながら囁《ささや》かれると、肌《はだ》が粟立《あわだ》って震《ふる》えがくる。

「途中でやめてもいいのか？」

「…ん…っぅ…」

ぼくの昂《たかぶ》りを指で弄《もてあそ》びながら、乳首《ちくび》を爪《つめ》でいじられて腰がじんと痺《しび》れた。

敏感《びんかん》な部分を舌と指で責められて、苦しいくらいの快感に涙《なみだ》がこぼれてくる。根元まで突《つ》き入れられるたび、硬《かた》く猛《たけ》った〝彼〟がぼくの裡《なか》でびくんびくんと脈打った。彼の欲望に肉が擦《こす》られるたび、つながった部分がとろけるように熱くなる。

「…や、ッ…抜《ぬ》かないで」

慎一の身体が離《はな》れそうになると、ぼくは腕《うで》を伸《の》ばして彼の首にしがみついた。汗《あせ》ばんだ肌と肌が擦れ合うと、もう身体を離したくない。もっといっぱい…彼とつながっていたい。

「今度は上に乗れよ」

命令する声が痺れるほど甘くて、頭がくらくらする。

この三日間で、ぼくの身体はおかしくなってしまった。だって…彼の声に優しく囁かれても、いじめられても、恥《は》ずかしいくらい敏感に反応してしまうのだ。

つながったまま身体を入れ替《か》えると、彼はぼくの腰を掴《つか》んで自分の上に跨《また》がらせた。

「欲しいなら、自分でちゃんと腰を使えよ」

「…は…ぁっ…!」

急《せ》かすように下から突き上げられて、ぼくはゆっくりと腰を上下に動かした。自分の中に埋《う》め込まれた彼の巨大《きょだい》な肉塊《にっかい》が、ずるりと抜けて、また奥まで入ってくる。腰を沈《しず》めるとき、彼のものが根元まで入ってくる感触《かんしょく》に首筋がざわっとする。

彼の胸に手をついて前屈《まえかが》みに腰を動かしていると、大きな手に胸を押されて上体が起きた。その彼の手に掴まるようにして、ぼくは身体を上下に揺《ゆ》さぶった。自分で彼を呑《の》み込むたび、ぼくの昂ったモノも硬く反って下腹を叩《たた》く。

「いい眺《なが》めだ…、おまえのどこが感じてるか、ぜんぶ見える」

息づかいで囁きながら、彼が酔《よ》った瞳《ひとみ》でぼくを眺めていた。犯《おか》すような視線に晒《さら》されると、肌がちりちりと熱くなる。ぼくの先端《せんたん》が濡《ぬ》れていくのを、彼は舌で唇を湿《しめ》らせて見つめている。

「はッ…ん……」

彼はぼくの腰を掴んで〝自分〟を先端まで引き抜くと、一気に下から腰を打ちつけた。

「っ…ぁ…はぁあ…ぁっ……！」

のけ反って喘ぎながら、汗と一緒に快感の涙が溢《あふ》れてきた。

「ひかる…おれによく見えるように、自分で触《さわ》って達《い》ってみろ」

そう言われたとき、頬《ほお》から首筋まで熱くなって、ぼくはふらふらと首を振《ふ》った。

でも、もう腰の奥は疼《うず》くように切ない。自分の昂りに指を絡《から》めると、動き出した彼に下から突き上げられて、身体ががくがくと揺さぶられる。

――…もう…からだが…おかしい…、ぜんぶ…おかしくなる……。

彼の視線に顔を火照《ほて》らせながら、ぼくは夢中で自分のモノを擦っていた。

「ぁ…ぁッ…しん…ち…っ…」

絶頂に達して彼の身体の上に精を放ったとき、同時に腰の奥で彼の欲望がびくびくと反応した。達ったあとも腰を動かされて、ぼくは後ろの刺激《しげき》だけで、狂《くる》いそうなほど感じてしまった。

「…そんな顔見せたら、もっとヤバイことしたくなるだろ…」

「…も…やだ…許して」

ガラス張りのシャワールームに運ばれて、ぼくは彼の指で窪《くぼ》みを大きく拡げられた。床《ゆか》に四つんばいにさせられて、長い指を奥までさし込まれると、彼の放った精液が腿《もも》の内側にとろりと流れてくる。生ぬるいものが脚《あし》の間を伝う感触に、ぶるっと震えが来た。

「エロい光景だ、おれのが溢れてくる…」

屈んで尻《しり》をのぞき込む彼にカ〜ッと顔が熱くなる。

「ひかる…」

熱いシャワーでぼくの裡《なか》を洗いながら、彼はぼくの耳元に屈んでそっと低い声で囁いた。

「次は何をされたい………?」

◇

夕方、ぼくは白いパーカーシャツにハーフパンツで白い砂浜《すなはま》に立って、湿った海風を胸いっぱいに吸い込んだ。

「やっと外に出られた〰〰〰っ！」

カリブ海に向かってバンザイするぼくに、隣《となり》にいた慎一がぷっと吹き出した。

三日目の夕方になって、やっとぼくは部屋から出してもらえたのだ。途中で何回か意識が飛んだので、部屋の記憶《きおく》も曖昧《あいまい》かもしれない。

「も〜、太陽が黄色く見えるじゃないですか」

「夕陽だからな」

ぼくの肩《かただ》を抱き寄せて慎一がきげんよく笑う。

彼が着ているのは、涼《すず》しそうな生地のパンツとブルーのシャツだ。カリブ海と同じ色に染め上げたシャツを、彼はブティックで気に入って買っていた。

「なんだか別世界に来たみたいですね〜」

ホテル前から見える白い海岸線と海のコントラストに、感動のため息が漏れる。

「ああ、いい場所を選んだな」

彼はそう言って、ぼくの頭をくしゃっと撫《な》でた。

海岸線を歩いているうちに人の姿がなくなって、ぼくらは自然に指を絡めていた。

いま沈みかけた太陽は金色に輝《かがや》いてきて、もうすぐきれいな夕焼けが見られるだろう。

空は金色から朱色《しゆいろ》に少しずつ変わっていく。誰《だれ》もいない砂浜で立ち止まって、ぼくらはその神秘的な空のグラデーションを眺めていた。

「ひかる…」

ふいに呼ばれて顔を上げると、彼に口づけられて顔が熱くなる。

「い、いきなりキスされると、ドキドキするでしょう…」

文句を言ったぼくに、慎一がおかしそうな顔をした。

「三日も閉じこめてやりまくったのに、おまえって、相変わらずキスもセックスも恥《は》ずかしいんだよな〜」

「そ…、そうみたいです」

そう言われると、ちょっと冷や汗が出る。

彼に抱かれて朦朧《もうろう》としているとき以外は、何をされても逃げ出したくなるほど恥ずかしかったりする。たしかに慎一の口説きフェロモンもパワーアップしてるけど、一年以上一緒《いっしょ》に暮らしていて、あらゆることをされているのに、こんなに慣れない自分にも戸惑《とまど》ってしまう。

「まあ当然か、おれそうやって身体《からだ》に教え込んだからな」

「か、身体にって…ナニしたんですか…!?」

とんと指で胸を押されて、急に心臓がバクバクする。

「ああ、おまえってマゾだから、主導権を取られるとよけい感じるんだよ。抵抗《ていこう》できないと、おれにされることが全《すべ》てだからな。しかも毎回、何をされるかわからないから、羞恥心《しゅうちしん》が消えないし、いつまでも初々《ういうい》しいんだ。奥が深いだろ」

「…そ、そんな秘密があったなんて…」

夕陽《ゆうひ》をバックに自信満々に説明した彼に、頭がくらっとする。

「まず三年は言いなりになってろ、おれの身体でないと満足できないように変えてやる」

「え〜っ、もうじゅうぶん変わったし…満足ですよ〜…」

目の前で指を三本立てられて、ぼくは真っ赤になって首を振った。外見はクールでカッコイイのに、やっぱりこの人の感覚は謎《なぞ》だ。

「おれは、どんなモノでも三年続ける主義なんだ」

「じ、じゃあ三年で終わってくれるんですね？」

「次の三年はステップアップして、軽いSMと奉仕《ほうし》テクだな」

「そ、そんなあ〜」

——じゃあ、たまに縛《しば》ったり目隠《めかく》しするのは、軽いSMじゃなかったのか……!?

「安心しろ、おまえが嫌《いや》なことはしない」

「…ホントかな〜？」

逃《に》げ腰《ごし》のぼくを抱き寄せると、彼は優《やさ》しく目を細めて頷《うなず》く。

「ああ、約束するよ。自分からねだるように、おれがたっぷり可愛《かわい》がる」

「…すっごい自信ですね」

「『おれ様』だからな」

胸を張って威張《いば》っている彼に、ぼくはすっかり気が抜《ぬ》けて笑ってしまった。

——常夏《とこなつ》のロマンチックな浜辺で、新婚《しんこん》旅行中にこんな会話をしているぼくらっていったい…。でも、そんなゴウマンさも、慎一らしくて好きかもしれない。

「うんっ、『おれ様』な慎一って、やっぱり大好き」

「そうだろ〜？　おれも、こんなおれが好きだ！」

「えらいえらいっ！」

いつもの決まり文句に楽しくなって、ぼくはやけっぱちで拍手《はくしゅ》した。

「あ〜、マジでえらい自分を褒《ほ》めてやりたいぜ。おれは最高に運がいい」

彼は笑いながら、ぼくの左手を持ち上げた。

「たくさんの人間の中から、『おまえ』を見つけたんだからな」

愛《いと》しそうな表情で微笑《ほほえ》んだ彼に、ぼくは驚《おどろ》いて目を見開いた。

「おれと出会ってくれて、ありがとう」

ぼくのリングにそっと口づけると、彼は顔を上げて真摯《しんし》な瞳でそう言った。

彼がはめた薬指のリングも、夕陽を浴びて光っている。

「おまえを誰よりも愛してる」

「慎一…」

笑顔《えがお》を消した彼のきまじめな表情に、ぼくはゆっくりと目を瞬《また》いた。

いきなり押し倒《たお》して勝手なことをするくせに、誠実に言葉を告げようとするときの彼は、本当に不器用で愛しくなる…。

「一生、ひかるを大切にすることを、ここに誓《ちか》います。このおれと、最後まで一緒に生きていって…ください」

「…はいっ、ぼくも一生、慎一を離《はな》さないって誓います」

ぼくが涙目《なみだめ》で答えたとき、夕陽に照らされた彼が、本当に幸せそうな表情で微笑んでくれた。

「結婚式がなかったら、こうやって指輪を渡《わた》そうと思ってたんだ…」

「うん、嬉《うれ》しい」

照れくさそうに言った彼に、ぼくは視界がぼやけたまま笑顔で答えた。

「ひかる」

まじめな顔で屈《かが》んだ彼に、ぼくもつま先立って顔を上げた。

目を閉じて、ふたりだけで誓いの口づけを交《か》わしながら、ぼくは彼の鼓動《こどう》と海の音だけをうっとりと聞いていた。

夢のように甘いキスのあと、目を開いた視界には沈《しず》みゆく最後の夕陽がカリブの空と海を真っ赤に輝かせていた。

◇

「やったーっ、今日から遊ぶぞ〰〰〰っ！」

目の前に拡《ひろ》がるカリビアンブルーの海に向かって、ぼくは大きくバンザイした。

カンクンに着いて四日目にして、やっと明るい太陽の下でのんびりと海を眺めている。いくら新婚旅行でも、初の海外旅行での記憶が、豪華なルームサービスとベッドの上だけなんて、かなりマズイと思う。

「カリブ海を満喫《まんきつ》するんだっ！」

ぼくは拳《こぶし》を海に向けて、ひとりで気合いを入れていた。

朝食をとったあと、慎一がフロントでガイドと連絡《れんらく》を取っていて、その間に海が見えるプールに出てみたのだ。

今日は昼から日本語が話せるガイドが付いてくれて、夜まで観光して回る予定だ。明日はイルカと遊んで海賊船《かいぞくせん》に乗って、マヤの遺跡《いせき》もいっぱい巡《めぐ》るのだ。

「う〜ん、幸せ」

何が楽しみかって、いろんな場所に慎一と一緒に行けることにわくわくする。

ぼくらはふだん部屋にこもって仕事をしているので、彼と同じものを見て歩いて、ふたりで感動できたら最高の思い出になるはずだ。

慎一の姿を探してホテルの入口を見ていると、広いプールには朝食を済ませた外国人観光客がたくさん出てきていた。みんなゆったりと泳いだり、デッキチェアで肌《はだ》を焼いたりしている。

ぼくも泳ぎたいけど、まだちょっと人前で肌をさらせない。今朝見たら彼の付けたキスマークが、きわどい場所にたくさん残っていた。

プールにいた客達が愛想《あいそ》よく「ハーイ」と声をかけてきて、ぼくもあいさつ代わりに笑って手を振《ふ》って。近くにいたふたりの金髪《きんぱつ》青年が、フレンドリーな笑顔で話しかけてくる。

『きみは日本人か？　ハイスクール？』

『キミはひとりで観光に来ているの？　家族と一緒？』

のようなことを、彼らは英語で聞いているのだと思う。

ぼくが年齢《ねんれい》や恋人《こいびと》のことを答えると、やっぱり高校生くらいだと思われていて、日本人は童顔《ベビーフェイス》だと感心された。

彼らは両側からぼくの腕《うで》を取ると、にこにこしながらホテルを指さす。深い意味はないかもしれないけど、部屋に招待したいと言われて、ぼくは笑顔で彼を待っていると辞退した。

「OK、OK」

「ち、ちょっ…、待ってください！」

断《ことわ》ったのに連れて行こうとする彼らに焦《あせ》って大声を出してしまった。

「触《さわ》るんじゃねー…」

前に立った男に彼らが何気なく顔を上げたとき、いきなりズンとくる低音が空気を震《ふる》わせる。

「うあっ、慎一！」

いきなり身体《からだ》が宙に浮《う》いて、ぼくは彼の肩《かた》に担《かつ》ぎ上げられていた。彼の背中で振り返ると、ふたりの男もびびったまま茫然《ぼうぜん》と彼を見つめている。

「こいつはおれのだっ」

サングラスを外した彼が、ニヤッと笑って恐《おそ》ろしく低い声を出す。

「今度近づいたら貴様ら海に沈めるぞ…っ！」

ぜんぶ日本語なのに、ふたりは怯《おび》えた顔でがくがくと頷いていた。

「慎一、ありがとう…下ろしてください」

男達が逃げたあとも、プールの客達が驚いた表情でこっちを見ている。これではまるで、ぼくが慎一に拉致《らち》されているようだ。

「ひかる、今度おれから離《はな》れて男にナンパされたら、帰るときまで部屋から出さないぞ」

「わ、わかりましたっ、くっついてます！」

ぼくはあわてて答えた。だってやっと今日から遊びに出られるのだ。

「いや、やっぱりおまえは危なすぎる。今日の予定はキャンセルだ、部屋に戻《もど》るぞ」

「ええぇ〜〜〜〜っ！」

笑って歩き出す彼の背中で、ぼくは大声をあげてしまった。

「うわあ〜、ナンでもするから遊びに行きましょうよーっ！」

「おれに逆らわなかったら考えてやるぜ」

豪快《ごうかい》に笑っている慎一に、ぼくは思いきりジタバタしてしまった。


『おれ様』な専制君主は大好きだ。

新婚旅行だから、彼との甘い時間を過ごすのも嬉しい。

でも念願のカリブ海を前にして、ベッドの上しか記憶《きおく》がないのはいやだ……っ！

彼の背中で荷物のように運ばれながら、ぼくは専制君主のごきげんを治す方法を必死になって考えていた。

END

あとがき（ネタバレあります）

この本を手に取ってくださったみなさま、どうもありがとうございます。

『専制君主のプロポーズ』いかがだったでしょうか？　一年以上空いてしまいましたが、シリーズ九冊目は、『コクハク』の続きから始まっています。

前回、大きな山を乗り越《こ》えた慎一とひかるですが、またまた大きな山が待ってました。この男同士で両親へ告白することが、彼らの中ではすごく重い問題だったようです。ここをクリアしない限り、ふたりは前に進めないようなので、かなりの時間、キャラと一緒《いっしょ》に考え込んでしまいました。

今回は慎一がずっと心の中に持っていた悩《なや》みも、ひかるという伴侶《はんりょ》と、じゅん先生達のおかげでやっと解決できました。最後はオレサマな慎一と、困っちゃってるひかるくんに戻ることができて、ふたりはこれから元気に再出発です。

さて、今回のふたりのハネムーン先、メキシコのカンクンはゆらが旅行したい場所です。

白い砂浜《すなはま》にカリビアンブルーの海、あの海の色を旅行パンフレットなどで見てみてください。

もう別天地ですよ。イルカと泳ぎマヤ遺跡を巡り、ダウンタウンでお買い物～♪　などと飛行機がコワイくせに常夏《とこなつ》の楽園の夢をみてました。

友人はチチェンイッツァなどを巡《めぐ》っているとき強烈《きょうれつ》な日射《ひざ》しを浴びて日光アレルギーになったので、観光に行かれる方は日焼け対策を万全《ばんぜん》に！

もうひとつ、担当Iさんが教えてくれた『志《し》ら尾《お》』の黒胡麻羊羹《くろごまようかん》、大変美味です。〝幻《まぼろし》〟の名店なので、たぶん探しても見つからないコトでしょう（笑）。


専制君主のドラマCD第二弾《だん》が発売決定です。詳《くわ》しくは後ろのお知らせを見てね。

もうひとつ他社のお知らせで恐縮《きょうしゅく》ですが、絶版になっていた『RYOUMA』シリーズが、二〇〇五年にフロンティアワークスさんで文庫化の予定です。書き下ろしを考えていますので、よかったらこちらも応援《おうえん》してくださいね。

それではみなさま、また次の本でお会いしましょう。

最後に、お世話になったみなさま、本当にありがとうございました。
イラストの桜城《さくらぎ》やや先生、大変お疲《つか》れさまでした♡
表紙のふたりは本当に幸せそうで、見ているだけで気持ちもほんわかです。口絵の画像も一緒にいただいたのですが、担当と一緒に見ていて、「す、すっごくエロいですね。うわあこれクルものがあるな〜最高っ！」とふたりで大興奮しちゃいました。もう、素晴《すば》らしくエロティック。ゆらの心の糧《かて》として、デスクトップに置いてあります♡　挿絵《さしえ》イラストはシビアな表情から、だんだん幸せそうになっていくのがステキです。最後はオレサマ全開で決まりですね！今回も幸せそうなふたりを、本当にありがとうございました！

担当Iさん、いつもこんなダメなゆらを励《はげ》ましてくれてありがとう！　いつかカラダで…いえ、良い行いでご恩を返したいと思います。

そして、この本を出すに当たって、ご尽力《じんりょく》くださった全《すべ》てのみなさま。本当にお疲れさまでした。ここで心からのお詫《わ》びとお礼を申し上げます。

ゆらひかる

Eメール　yuranet@nifty.com
ホームページ　http://homepage3.nifty.com/yuranet/

〈お知らせ〉

二〇〇四年九月二十五日にMOVICさんから『ぼくプロ』ドラマCD第二弾が発売されます。タイトルは『専制君主のワガママ・ぼくのプロローグ2』です。今回はミッドナイトバードの怜司くん登場、まだキャストが決まっていないけど収録が楽しみです。

〈主要キャスト〉　敬称略《けいしょうりゃく》
風見慎一　小杉十郎太《こすぎじゅうろうた》
月充ひかる　櫻井孝宏《さくらいたかひろ》
松村直樹　緑川光《みどりかわひかる》
富田じゅん　斎賀《さいが》みつき
大野《おおの》編集長　立木文彦《たちきふみひこ》
※脚本《きゃくほん》は原作に沿っていますので、ぜひキャラクターの生声を聴《き》いてみてくださいね。

◆オマケ本・プレゼントのお知らせ◆

専制君主シリーズを読んで気に入ってくださった方に、『ぼくプロ』番外編のオマケ小冊子をプレゼントします。このプレゼントは、角川編集部にお申し込みくださった方だけの、限定とさせていただきます。ご希望の方は編集部気付、ゆらひかるまで。『オマケ本希望』と書いてお手紙をください。

①『専制君主なコイビト』　じゅん先生のキャラ対談
②『専制君主のイタズラ』　慎一視点の甘々ショート
③『専制君主のコクハク』　ふたりの甘々ショート

各二十ページの小冊子です。どのコピー本が欲しいか、必ずタイトルを記入してくださいね。すでにお持ちの方はご遠慮《えんりょ》ください。

送料は（一冊・九十円）（二冊・百四十円）（三冊・百六十円）の切手か無記名為替《かわせ》でお願いします。返信用宛名《あてな》シール一枚を必ず同封《どうふう》してね。三冊とも〆切はありません。

仕事の合間にお送りするので遅《おそ》くなる場合もありますが、ご希望くださったみなさまには、必ずお届けしています。

そのとき、作品の感想などを少しでも教えてもらえると嬉《うれ》しいです♡

お返事はなかなかできませんが、いただいたお手紙は大切に読ませていただいています。

◆その他の既刊《きかん》本は以下の通りです◆　敬称略
『王様一直線！』イラスト・大和名瀬《やまとなせ》（ビブロスBBN）
『DARK　WALKER』『夢幻《むげん》のレクイエム』イラスト・如月弘鷹《きさらぎひろたか》（MOVIC）
☆個人では『ゆらねっと』というサークル名で同人誌活動をしています。イベント等で見かけたら、ぜひお気軽にお立ち寄りくださいね。同人誌で『ぼくプロ』番外編エピソードを書いていますので、興味のある方はホームページにアクセスしてくださいね。

KADOKAWA RUBY BUNKO
ぼくのプロローグ
専制君主《せんせいくんしゆ》のプロポーズ
ゆら　ひかる

角川ルビー文庫　R51-11　13408

平成16年7月1日　初版発行

発行者――井上伸一郎
発行所――株式会社角川書店
東京都千代田区富士見2-13-3
電話/編集(03)3238-8697
営業(03)3238-8521
〒102-8177　振替00130-9-195208
印刷所――旭印刷　製本所――コオトブックライン
装幀者――鈴木洋介

ISBN4-04-437611-5　C0193　定価はカバーに明記してあります。